ぼくらは、ふしぎの山探《たん》検《けん》隊《たい》

三輪裕子・作／水上みのり・絵

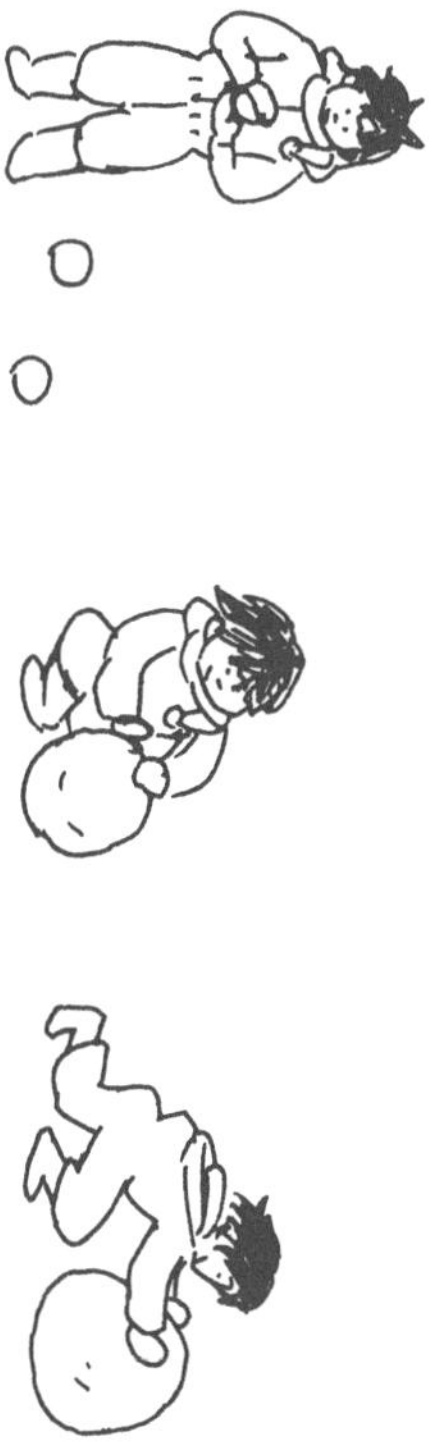

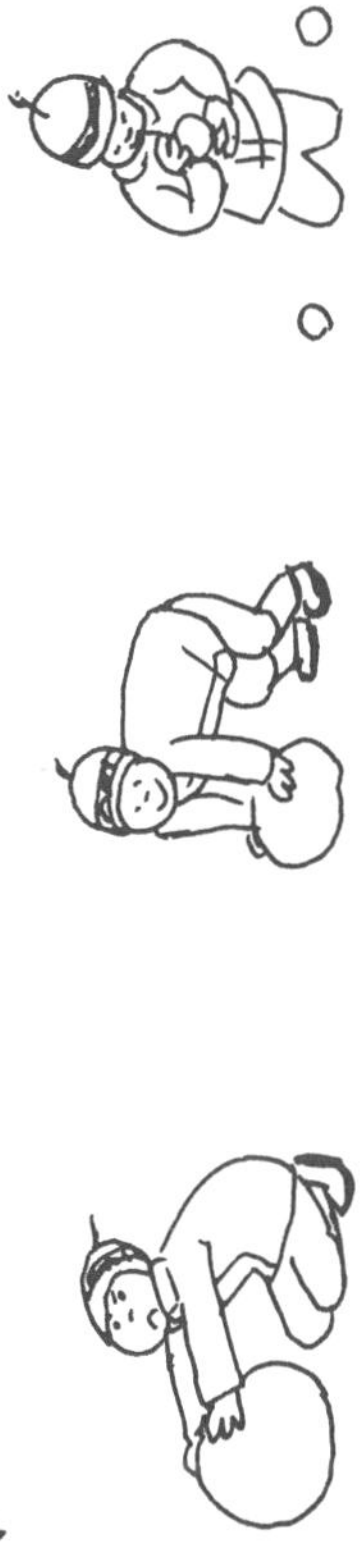

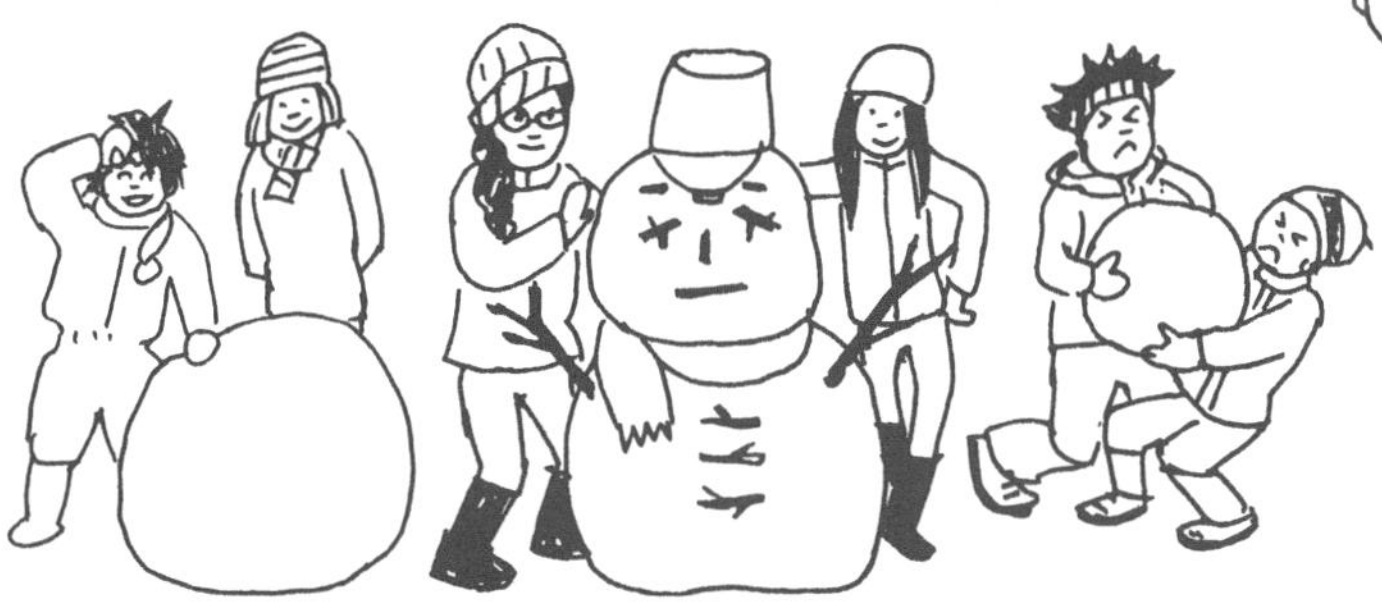

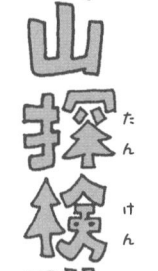

もくじ

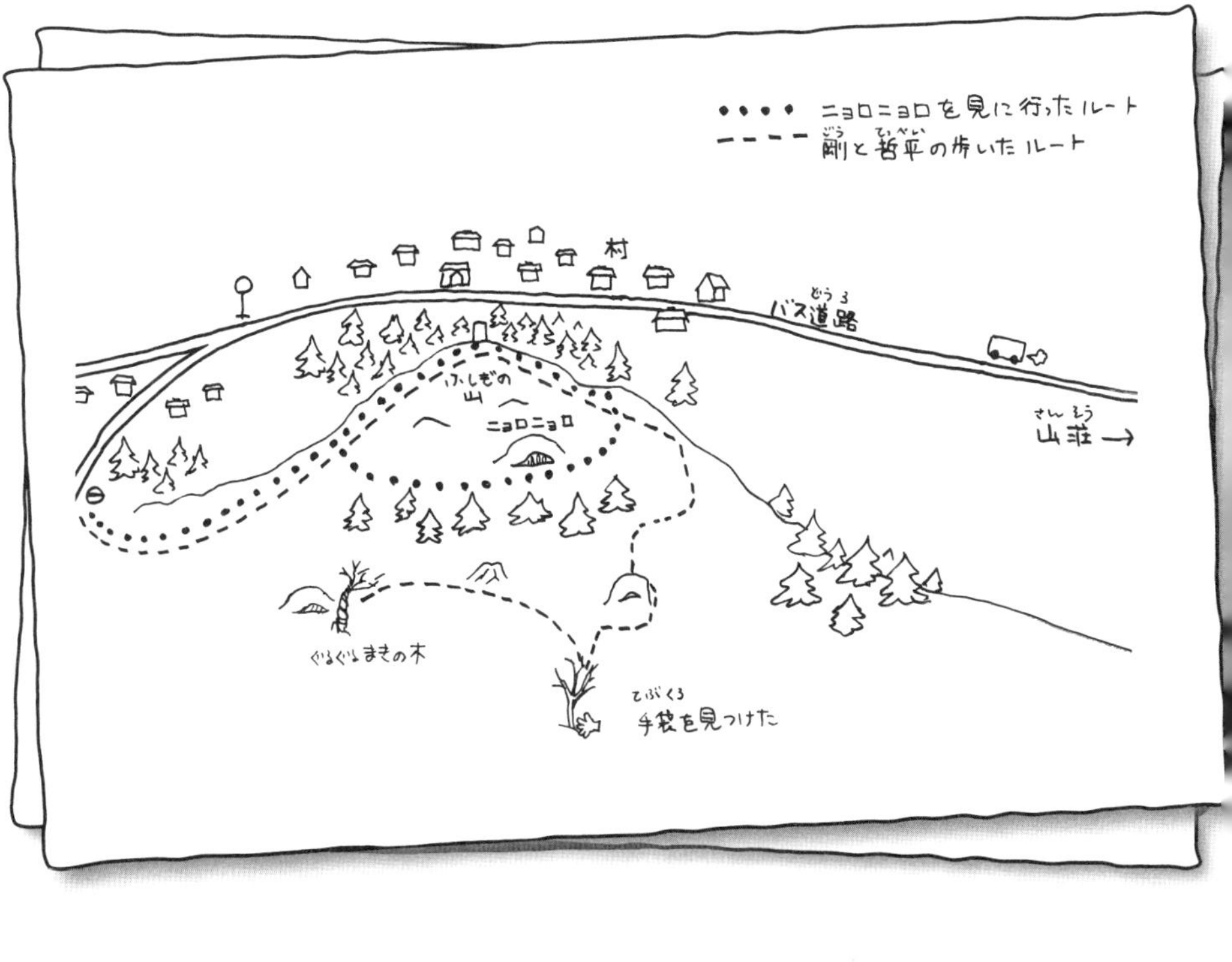
ニョロニョロを見に行ったルート
剛《ごう》と哲平《てっぺい》の歩いたルート
村
バス道路《どうろ》
ふしぎの山
ニョロニョロ
山荘《さんそう》→
ぐるぐるまきの木
手袋《てぶくろ》を見つけた

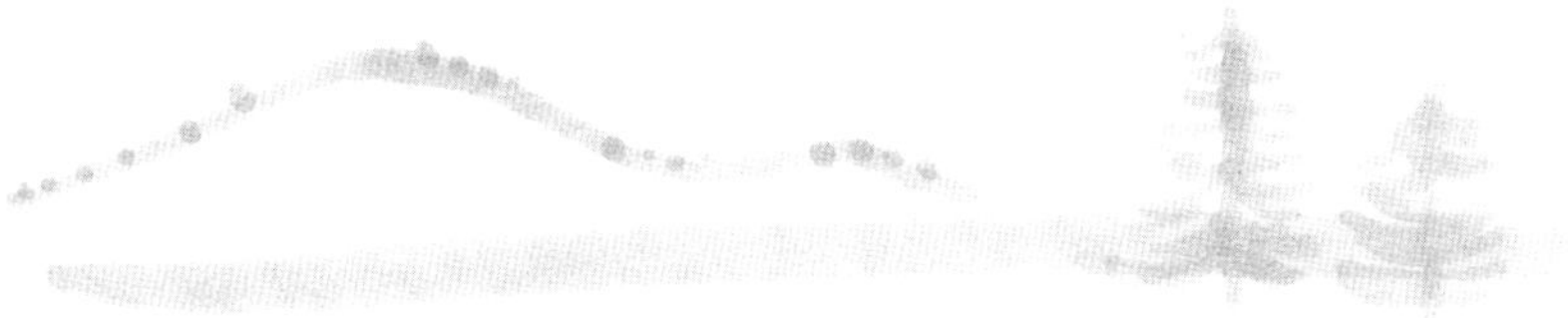

プロローグ

冬休みにも、群馬《ぐんま》県の山のふもとに建《た》っている、おじいちゃんの山《さん》荘《そう》に泊《と》まりに行きたい。ケンとジュン兄妹《きょうだい》、それにいとこの亜季子《あきこ》と剛《ごう》、若葉《わかば》と哲平《てっぺい》たちが最初《さいしょ》にそう思ったのは、今年の夏だった。そこでは、冬になると雪が何メートルも積《つ》もるという。

おじいちゃんの山荘《さんそう》には、真新しい、大きなまきストーブが、土間にでーんと置《お》かれている。けれど、たったの一台ストーブがたけるからといって、水道もこおってしまい、水も出ないような寒い山荘《さんそう》で寝《ね》泊《と》まりすることなんてできるのだろうか。子どもたちはみな、想像《そうぞう》もつかなかった。にもかかわらず、山荘《さんそう》に行きたい気持ちだけは、どんどんふくらんでいった。

山荘《さんそう》のあたりには、『ニョロニョロ』の来る山があるらしい。それは、冬の寒い時期にしかやってこないという。

さらに、この夏初めて出会ったいとこのユウジが、山荘《さんそう》をベースキャンプにして、冬にも登山の計画を立てているのがわかった。

ニョロニョロも見てみたい。またユウジにも会いたい。それには、冬休みにもみんなで山荘《さんそう》に行くしかない。

第1章

おじいちゃんの秘密《ひみつ》の山荘《さんそう》

バスは、雪道を進んでいった。運転手さんは、カーブミラーで前方を確認《かくにん》しながら、とても慎重《しんちょう》に、ゆっくりとしたスピードでバスを進めていく。

道の両側《がわ》には雪が積《つ》もっていて、車が通れる幅《はば》は、夏よりずっとせまい。反対側《がわ》から車が来ると、どちらかは道がふくらんでいるところで待っていなくてはならなかった。

とはいうものの、村をすぎてからは、すれちがった車はたったの一台だけ。それも除雪車《じょせつしゃ》だった。

「すごい。すごいよ。雪だらけだ」

哲平《てっぺい》は、さっきから興奮《こうふん》した様子で、すごいを連発している。

哲平《てっぺい》だけではない。ケンだって、ジュンだって、若葉《わかば》だって、こんなにたくさん積《つ》もった雪を見るのは、生まれて初《はじ》めてだ。全員まど側《がわ》の席《せき》にすわり、まどガラスに顔をつけるようにして、外の景色《けしき》に見入っていた。

きょうは、十二月二十五日。おととい、冬休みが始まったばかりだ。

小六のケン、小五のジュンは、いとこで小六の若葉《わかば》と小三の哲平《てっぺい》とともに、ケンとジュンの父さんに連《つ》れられて、バスでおじいちゃんの山荘《さんそう》に向かっているところだった。

『おじいちゃんの山荘《さんそう》』とよんでいる家は、おじいちゃんが家族にないしょで、いつの間にか買っていたものだ。おじいちゃんは山荘《さんそう》のことを何もいわないまま、今年の二月十八日にとつぜん死んでしまった。

おじいちゃんの子どもである父さんや、姉のトキ子おばさん、妹のヤエ子おばさんは、今年の夏休み前に、おじいちゃんの知り合いの阿部《あべ》さんという人から、カギが送られてきて、初《はじ》めて山荘《さんそう》のことを知った。

けれど、おじいちゃんが一体なぜ、東京からこんなにはなれた山のふもとにある山荘《さんそう》を買ったのか、父さんたち三人はわけがわからず、ただ想像《そうぞう》するしかなかった。

おそらく、おばあちゃんが死んで一人になったおじいちゃんは、ここにうつり住《す》んで、好《す》きな山登りや釣《つ》りを楽しもうとしたのだろう。そして、もう少し住《す》みやすくしたあとで、みんなにも泊《と》まるようすすめてくれるつもりだったのじゃないか。

さらにおじいちゃんは、もう一つだれにもいわないできたことがあった。それは、おじいちゃんや父さん一家と同じ名字の、みんなが知らない親せきがいることだった。

ケンとジュンは、夏に父さんに連《つ》れられてやってきたおじいちゃんの山荘《さんそう》で、野原《のはら》ユウジという大学生のお兄さんに初《はじ》めて会った。

二人も、そのあとやってきたトキ子おばさんの子、亜季子《あきこ》と剛《ごう》も、ヤエ子おばさんの子、若葉《わかば》と哲平《てっぺい》も、ユウジのことを「ユウ兄」「ユウ兄ちゃん」とよんで、すぐにしたうようになった。

とくに、山登りが好《す》きなケンは、このへんの山や沢《さわ》を知りつくしていて、自由に歩き回っているユウジにあこがれた。

ただ一人、トキ子おばさんだけは、おじいちゃんのバカでかい山荘《さんそう》も、ユウジのことも気に入らなかった。

けれど、やがて山荘《さんそう》は、ユウジをふくめたみんなで、いっしょにすごすために、おじいちゃんが買ったのだとわかるときがきた。

全員でいったん東京に引き上げたあと、トキ子おばさんは、山荘《さんそう》で生活するのにあるといいものを、あちこちからもらいうけたりしてそろえていった。

一つ目はせんたく機《き》。一日にあんなに何回も服をよごす息子《むすこ》の剛《ごう》と、いとこの哲平《てっぺい》がこの山荘《さんそう》でくらすには、必需品《ひつじゅひん》だ。

次に寝具《しんぐ》。しきぶとんと毛布が四枚《まい》ずつあるだけでは、大勢《おおぜい》やってきたときには、どうにもならない。そこで、全員ぶんの寝《ね》ぶくろを山荘《さんそう》に置《お》いておくことにした。父さん一家四人は、みな寝《ね》ぶくろを持っていたので、トキ子おばさん一家四人ぶん、ヤエ子おばさん一家四人ぶん、合計八人ぶんの寝《ね》ぶくろを山用品店のバーゲンで手に入れた。

三つ目は、あれば便利《べんり》な冷蔵庫《れいぞうこ》。運よく、小さいものをもらうことができた。肉と魚、牛乳《ぎゅうにゅう》を何本か冷《ひ》やすことができるくらいの大きさだ。あとの食料品《しょくりょうひん》、くだものやビール、ジュースなどは、山荘《さんそう》の裏《うら》を流れるわき水の中に入れておけばいい。

さらに、これは生活に必要《ひつよう》というわけではなかったが、トキ子おばさんの仕事机《づくえ》。手芸《しゅげい》家《か》のおばさんは、デザイン画を描《か》き、それを元に、布をはり合わせ、刺《し》しゅうをあしらって、作品を完成《かんせい》させていく。よごさないようにするためには、自分専用《せんよう》の机《つくえ》が必要《ひつよう》だった。みんながうろうろしている、ほりごたつのテーブルでは、作品を広げられない。

トキ子おばさんは、家にあった組み立て式のテーブルと、仕事で使うデザインノートや手芸材料《しゅげいざいりょう》の布、刺《し》しゅう糸などを、一階《かい》の奥《おく》の部屋に置《お》いておくことにした。

トキ子おばさんが、明《あきら》おじさんといっしょに、ワゴン車でそれらの荷物を運んだ日。その日は、ジュンとケンと四人のいとこたちが、ふたたびおじいちゃんの山荘《さんそう》に帰って来た日でもあった。

みんなは、残《のこ》りの夏休みを山荘《さんそう》ですごすために、昼間列車でやってきた。父さん、母さん、哲平《てっぺい》と若葉《わかば》の両親《りょうしん》のヤエ子おばさん、哲《てつ》おじさんもいっしょに。

十二人が全員そろったとき、ユウジと友だちの勇《いさむ》は、沢《さわ》登りに行っていて、山荘《さんそう》にはいなかった。

二人は沢《さわ》から帰ってきたとたん、朝まではひっそりと静《しず》まりかえっていた山荘《さんそう》が、大勢《おおぜい》の人と物であふれかえっているのを見て、おどろいた。

そして、おじさん、おばさんたちとのあいさつをすますと、すぐにも山の中でキャンプするために、山荘《さんそう》を引きはらおうとした。

ところが、みんなが引きとめた。

「ユウジ君も勇《いさむ》君も、こんなうるさいところにいるのがいやじゃなかったら、ここにいてほしいわね。たくさん食材《しょくざい》は運んできたし、腕《うで》をふるって、おいしい料理《りょうり》作るわよ」

けれど、朝早くから山にでかけて行くユウジと勇《いさむ》は、みんなを起こしてはいけないと気をつかい、庭にテントをはって泊《と》まることにした。

それを見て、うらやましがった剛《ごう》と哲平《てっぺい》のために、父さんが四人用テントを庭にはった。六人の子どもたちは、その日からテントにかわるがわる寝泊《ねと》まりした。

おじいちゃんの山荘周辺《さんそうしゅうへん》は、活気にあふれていた。夏休みの初《はじ》めに来たとき、ジュンはこの山荘《さんそう》を一目見て気に入ったけれど、どこかよそよそしい感じがしていた。

それが今では、すみからすみまでみんなの山荘《さんそう》になった。夏休みの間じゅう、いつまでも好《す》きなだけいていいのだ。

第2章

冬が来た！

あの夏から四カ月近くがすぎ去り、冬が来た。父さんと四人の子どもたちは、ふたたびおじいちゃんの山荘《さんそう》を目ざしていた。

バスは山奥《おく》に向かって入りこんでいく。あたりには、家もなくなった。前を見ても、横を見ても、目に入るのは雪、雪、雪だ。道の両側《がわ》には雪の壁《かべ》ができている。

「アッコちゃんと剛《ごう》ちゃん、もう山荘《さんそう》に泊《と》まったんだね」

「寒かったかな」

ジュンと若葉《わかば》が話していると、

「もうじきわかるよ」

と、ケンがいった。山荘《さんそう》近くのバス停《てい》までは、あと数分のはずだ。

夏は、鈍行《どんこう》列車を乗りついで行ったが、駅から山荘《さんそう》まで二十分ほど歩かなくてはならない。バスなら、山荘《さんそう》からわずか五分のところに停《てい》留所《りゅうじょ》がある。それで、今回はとちゅうのM駅でおりて、一日に三本走っているバスに乗って、やってきた。

ケンもジュンも、若葉《わかば》も哲平《てっぺい》も、できれば冬休みに入ったとたん、山荘《さんそう》にすっ飛んで行きたかった。けれど、十二月二十四日のきのうまで、父さんにはかたづけなくてはならない仕事があった。

それで、きのう先発隊《たい》として出発したのは、トキ子おばさん一家だけだった。明《あきら》おじさん、いとこで中一の亜季子《あきこ》、小四の剛《ごう》の四人だ。

トキ子おばさんたちは、冬山荘《さんそう》でくらすのに必要《ひつよう》な荷物を運ぶために、今回も車でやって来た。こたつや、それぞれの家であまっていた、たくさんの毛布やバスタオル、水を入れておく大きなポリバケツの容器《ようき》などなど。

山荘《さんそう》の水道は、冬にはこおって使えないので、裏《うら》の水場から水をくんでくるか、雪をとかして水を作るしかない。そのため、料理《りょうり》用にしろあらい物用にしろ、いつでも使えるように、山荘《さんそう》の中に水をためておく容器《ようき》を置《お》いておかなくてはならないのだった。

ほかにも、トキ子おばさんが最近《さいきん》手に入れたというダッチオーブン。煮物《にもの》、焼《や》き物《もの》、蒸《む》し物《もの》となんにでも使える万能《ばんのう》な鉄ナベなのだという。

さらに、もっともかんじんなのは、山荘《さんそう》でくらすための食料《しょくりょう》だ。十二月三十一日まで約《やく》一週間は、子ども六人とトキ子おばさんが、そのうち何日間かは、明《あきら》おじさんと父さんも泊《と》まることになっている。

冬は店もしまっているので、必要《ひつよう》なぶんをすべて運んで行かなくてはならない。大きな段《だん》ボールに三箱《ばこ》、食料《しょくりょう》でいっぱいにしてもまだ足りず、残《のこ》りはいくつかのふくろに分けた。

そして、これはおまけだが、雪国で遊ぶにはぜひほしいソリ。すわれるような形のを二台と、プラスチックの板におしりをのせてすべる小さいのを、子どもたちはそれぞれクリスマスプレゼントでもらっていた。

車は八人乗りのワンボックスカーだったが、四人乗って、荷物を積《つ》むと、ぎゅうぎゅう詰《づ》めになった。先発隊《たい》の四人は、それら大量《たいりょう》の荷物とともに、きのうやってきて、雪にうもれた山荘《さんそう》で一晩《ばん》をすごしていた。

トキ子おばさんからは、きのうの夕方、持ってきてほしいものの連絡《れんらく》があった。取っ手つきのポリタンクをいくつかと、二リットル入りのペットボトル容器《ようき》を六個《こ》。ポリタンクは水を運ぶのに使い、ペットボトルは湯たんぽがわりにするということだった。

バスが停留所《ていりゅうじょ》に止まった。真っ先に、哲平《てっぺい》が外に飛び出していった。続《つづ》いてケンも、ジュンも、若葉《わかば》も、あわててバスからおりた。

父さんは、たくさんのペットボトルが入ったふくろをかかえ、バスのドアに向かって歩きながら、みんなに声をかけた。

「バスの前を横切るなよ。バスが行くまでじっとしてなさい」

お客を全員おろすと、バスは行ってしまった。もうだいじょうぶと思い、みんなが道を横切っているときだった。いきなり雪の玉が飛んできて、哲平《てっぺい》の体に命中した。

山荘《さんそう》へ行く道は、除雪《じょせつ》されていないので、雪が車道より一メートル半ほど高く積《つ》もり、壁《かべ》のようになっている。その壁《かべ》の上から玉が飛んできたのだ。

「いてっ」

哲平《てっぺい》がいう間もなく、次から次に玉が飛んできて、ケンとジュンと若葉《わかば》にも当たった。

上を見ると、剛《ごう》がニヤニヤと笑《わら》いながら、みんなを目がけて、雪の玉を投げつけてきた。

「やったな」

ケンが、あわてて雪を丸めると、剛《ごう》に向かって投げた。

ジュンも若葉《わかば》も哲平《てっぺい》も応戦《おうせん》したが、下からなので分が悪い。剛《ごう》にうまくよけられてしまった。しかも剛《ごう》は、すでにかなりたくさんの雪の玉を作って、待ちぶせしていたらしく、間髪《かんぱつ》いれずに投げてくる。

「ダメだ。ジュンたち投げ続《つづ》けろ。ぼくは上に行く」

ケンはそういうと、雪の壁《かべ》を登ろうとした。ところが、ふかふかの雪に足をふみ入れたとたん、ずぼっとひざの上までもぐってしまった。そこからぬけ出そうともがいている間に、上着もズボンも雪まみれになった。

この雪の壁《かべ》を登るには、足あとのついているところを行くしかないらしい。おそらく、トキ子おばさんや剛《ごう》たちが歩いたあとだろう。すぐ上に剛《ごう》がいるので、別《べつ》の場所から登ろうとしたのがまちがいだった。

ケンは、剛目《ごう》がけて、ふみあとをかけ上がった。剛《ごう》が、すぐ上から雪の玉を投げつけてくるが、そんなのはおかまいなしだ。いくら当たっても、もうすでに雪まみれなのだから。

「ぼくも上に行く」と哲平《てっぺい》もケンのあとに続《つづ》いた。

上に立つと、いちめん雪の原が広がっていた。けれど、ケンも哲平《てっぺい》も景色《けしき》には目もくれず、剛《ごう》を追いかけていった。

剛《ごう》は二人を見ると、不利《ふり》だと思ったか、背中《せなか》を向けて逃《に》げ始めた。雪の玉は、すでに使いつくしたらしい。

こうなったら、大勢《おおぜい》が勝ちだ。ジュンと若葉《わかば》も登ってきて、剛《ごう》を追っていく。

剛《ごう》の右足が雪にもぐって、前のめりにころんだ。

「チャンスだ。やれっ」

ケンは雪を丸めもせず、両手ですくうと、剛《ごう》に向かって投げ落とした。続《つづ》いて哲平《てっぺい》も投げた。ジュンと若葉《わかば》も雪のかたまりを投げると、剛《ごう》はほとんど雪にうまってしまった。

「降参《こうさん》。まいりました」

ついに、剛《ごう》は敗北宣言《せんげん》した。

第3章

雪の中の山荘《さんそう》

「もう、何やってるのよ。いつまでたっても山荘《さんそう》に来ないので、見にきてみたら、このありさま。遊ぶのはあと、あと」

いつの間にか、トキ子おばさんと亜季子《あきこ》がやってきて、あきれた顔で見ていた。

「だって、剛《ごう》がひきょうなんだもん」哲平《てっぺい》が口をとがらせる。

「歓迎《かんげい》してやったんだぜ」

剛《ごう》が立ち上がって、笑《わら》いながら全身の雪をはらった。

「アッコちゃん、きのうの夜どうだった？」

「寒くなかった？」ジュンと若葉《わかば》がたずねる。

「きのうは四人でこたつに足入れて寝《ね》たから、寒くなかったよ。きょうは人数多いから、はみ出た人は湯たんぽだって」

「話はあとにして、早く山荘《さんそう》に行きましょう。おしるこができてるわよ。そのあとは、みんなやることが山ほどあるの。明《あきら》さん、夜には帰るのに、運んできた荷物は、まだほとんど車に積《つ》んだままなの。まきも運びきれなくて、車の横に置《お》いてあるしね」

車道を見ると、トキ子おばさんたちが乗ってきた車は、山荘側《さんそうがわ》のバス停《てい》近くの少し広くなったところに駐車《ちゅうしゃ》してあった。車道から山荘《さんそう》までは除雪《じょせつ》されてないので、車は入ることができない。車の横には、山積《やまづ》みのまきにブルーシートがかけてあった。

車に積《つ》んできた荷物の大半と、注文してとどけてもらったまきは、これから人の手で運ばなくてはならないのだった。

せっかく車の近くまで来たので、トキ子おばさんは、引いてきたソリを車のところまでおろして、まきを二たば積《つ》んだ。そして、

「剛《ごう》、後ろを押《お》して」というと、ソリのひもを引っぱって、二人がかりでまき運びにとりかかった。

亜季子《あきこ》は、車から毛布を出して、大きなポリぶくろに入れると、肩《かた》にかけた。きのうから来ているトキ子おばさん一家は、すでに雪国の生活に、すっかりなじんでいる様子だ。

「ぼくらもリュックを置《お》いて、早く荷物運び手伝《てつだ》おうぜ」とケンがいった。

「アッコちゃん、明《あきら》おじさんはどこにいるの?」とジュンが聞いた。

「水くみに行ってる」

「水場まで、すぐそこと思うでしょ。ところが、雪が深いし坂だし、簡単《かんたん》には行けないの。

きょうまでのぶんは、ユウジ君たちがくんどいてくれたので、ほんと助かったわ」

トキ子おばさんがいうと、

「ユウ兄たちいるの?」ケンが、声をはずませて聞いた。

「ううん。今はいないよ」亜季子《あきこ》は首をふった。

トキ子おばさんがいった。

「二十日にここに来て、二十二日には、黒岳《くろだけ》から朝日《あさひ》の縦走《じゅうそう》に出発したみたい。二十九日か、おそくても三十日には下山する予定って、メモが置《お》いてあったわ」

「じゃあ、下山してきたら、山荘《さんそう》でユウ兄ちゃんに会えるね」

「ヤッター」ジュンと若葉《わかば》が、うれしそうな声をあげた。

「ユウ兄たち、今ごろ雪山の上にいるのか……」

ケンは足を止めると、真っ白い雪におおわれた黒岳《くろだけ》の尾根《おね》を見上げた。ユウジたちは、この真冬に、山と山を結《むす》ぶ稜線《りょうせん》をたどって、いくつもの山を越《こ》えて行く縦走《じゅうそう》をしている最中《さいちゅう》なのだった。

夏なら、早朝出発すれば、一日で黒岳《くろだけ》から朝日岳《あさひだけ》まで縦走《じゅうそう》して、山荘《さんそう》にもどってこられる。ところが、冬、こんなに雪が積《つ》もっているときだと、八日も九日もかかるのだ。

ケンは今年の夏、たった一人で、今ユウジたちが登っている山々の縦走《じゅうそう》をくわだてた。

それにこっそりついていったのは、剛《ごう》だ。

縦走《じゅうそう》のさなか、ケンは足首をねんざしてしまった。剛《ごう》が助けをよびに行っている間、一人で見ていた山の上の景色《けしき》は、今でもケンの頭の中に、くっきりと焼《や》きついている。

そこに何メートルもの雪が積《つ》もり、たった今ユウジたちはテントをはって泊《と》まっている。相当寒いだろう。風もはげしくふいているだろう。でも、山頂《さんちょう》からは、白一色の山なみが続《つづ》いているのが見えるはずだ。それはゾクゾクするほど魅力的《みりょくてき》な光景《こうけい》に思えた。

「ユウ兄ちゃんたち、山からおりたらニョロニョロを見に行きたいので、よろしくってメモに書いてあったよ」と亜季子《あきこ》がいった。

「うへぇー、ニョロニョロ」哲平《てっぺい》がおかしな顔をする。

「三十日にいっしょに行けるといいなあ。三十一日には、もう帰らなきゃならないから」

冬の山荘《さんそう》に来て、みんなが一番楽しみにしているのは『ニョロニョロ』に会いに行くことだった。が、それがどんなものか、まだだれも知らない。

おじいちゃんは、山荘《さんそう》にスケッチブックを置《お》いていた。そして、泊《と》まりに来ては、絵に簡単《かんたん》な文章《ぶんしょう》をそえて、絵日記のように書きつづっていた。そのスケッチブックの中にあった、二枚《まい》の『ニョロニョロ』の絵。

『やっとニョロニョロに会えた！』

日付は去年の十二月二十五日。

『だいぶ大きく育った。』

日付は今年の一月十五日。そこにはさらに、

『春、ニョロニョロが帰ってしまう前に、孫《まご》たちにも見せてやりたい。』と書いてあった。

そして、六人の孫《まご》たちは一年後のきょう、ここに集まった。


雪原の向こうに、山荘《さんそう》が見えてきた。屋根《やね》に雪が何十センチものっていて、夏とはまったく様子がちがう。

「わー、かわいい」

若葉《わかば》が、山荘《さんそう》に向かってかけだした。ケンとジュンと哲平《てっぺい》もあとを追った。

入り口近くに行くと、大きな雪だるまが出むかえてくれた。

「これ、アッコちゃんたちが作ったの?」ジュンが後ろを向いて、大声で聞いた。

「ううん。きのう来たときには、もうあったの。きっとユウ兄ちゃんたちが作ったんだよ」

戸口の前は雪かきがしてあって、地面がのぞいていた。雪原との間には段差《だんさ》があるので、雪が階段状《かいだんじょう》にふみ固《かた》められていた。

「ここの雪かきするの、大変《たいへん》だったろ」父さんがいった。

「ううん。これもユウジ君たちがしてくれたのよ」

ユウジと勇《いさむ》は、山登りに出発する前、あとからくるみんなのために、相当立ち働《はたら》いてくれたのだった。そのおかげで、山荘《さんそう》のドアはスムースに開いた。

「やあ、いらっしゃい」

明《あきら》おじさんが、ストーブの前のイスにすわっていた。

「どうしたの、お父さん？　そんなかっこうで」と亜季子《あきこ》が聞いた。

見ると、明《あきら》おじさんの片方《かたほう》のクツは、ストーブのそばにおいてあり、ソックスも一足ストーブのさくにかけてあった。おじさんは、素足《すあし》をストーブのほうに出して、温めていた。

「水場って、もうちょっと太い沢《さわ》が流れているのかと思ってたんだよね」

ところが、考えていたよりずっと細い流れで、雪にほんのわずかな切れこみが入っているだけだった。おじさんが気づかずに進んでいくと、ずぼっと一メートル半ほど下を流れているわき水に落ちてしまったのだという。

「そうか。ぼくがいっしょに行ってあげればよかったね」と剛《ごう》がいった。

「今ごろ、何いってるのよ。水くみに行きなさいっていってるのに、襲撃《しゅうげき》だっていって、バス停《てい》のほうにすっ飛んでいっちゃったくせに」

トキ子おばさんにいわれ、剛《ごう》はニヤッと笑《わら》った。

第4章

山荘《さんそう》の仕事

たたみの部屋のほりごたつにすわって、おしるこを食べながら、みんなできょうこれからのことを相談した。

夜には、明《あきら》おじさんが東京に帰るので、それまでに車に残《のこ》っている大量《たいりょう》の荷物を、全部山荘《さんそう》に運んでおかなくてはならない。父さんも仕事があるので、あしたの夕方には、いったん東京に帰る。その後、三十日にまたやってきて、三十一日の大みそかに、みんなといっしょに帰る予定だ。

あしたの二十六日の夕方から三十日まで、ここにいるのは、六人の子どもたちとトキ子おばさんだけになる。そのため、父さんたちがいる間にやってほしいことは山ほどあった。

冬は水道が使えないので、水くみと、山荘《さんそう》の中を暖《あたた》めるまきの確保《かくほ》が、最重要課題《さいじゅうようかだい》だ。たとえ吹雪《ふぶき》になったとしても、水とまきだけは、いつでも使えるようにしておかなくてはならない。

屋根《やね》の雪下ろしもしなくてはならないところだけど、なれない人がやって落ちてケガでもすると大変《たいへん》なので、地元の人にたのんであった。

「それじゃあ、あしたニョロニョロを見に行けないな。三十日に、とちゅう下車して見に行くかな」と父さんがいった。

「うん。その日なら、ユウ兄たちもいっしょに行けるかもしれないよ」とケンがいうと、

「エーッ、もっと早く見に行きたいよ」剛《ごう》が不満《ふまん》そうな顔をする。

「ぼくも」と哲平《てっぺい》もいう。

「それじゃあ、わたしたちはもっと早く、阿部《あべ》さんにお願《ねが》いして連《つ》れていってもらいましょうか。どっちにしろ、三日に一度くらい、村まで温泉《おんせん》入りに行くでしょ」

トキ子おばさんの言葉に、

「ヤッター」「わーい」

剛《ごう》も哲平《てっぺい》も、ほかの子どもたちも喜《よろこ》んだ。

夏には山荘《さんそう》でお風呂《ふろ》に入れるが、水道が使えない冬は、入ることができない。それで、きょうバスで来るとちゅうに通った、阿部《あべ》さんが住《す》む村の温泉《おんせん》に、ときどき入りに行くことに決めていた。

「そうか。みんなで先に阿部《あべ》さんといっしょに偵察《ていさつ》して、三十日には案内《あんない》してくれよ」

父さんがいった。

みんなの話に、しじゅう名前のあがる阿部《あべ》さんは、おじいちゃんの友だちだった。

阿部《あべ》さんが釣《つ》ったばかりのイワナをおみやげに持って、山荘《さんそう》をたずねてくれたのは、夏の終わりだった。

阿部《あべ》さんは、バスで十分くらいのところで、民宿《みんしゅく》をいとなんでいた。おじいちゃんは夏も冬も、よくその民宿《みんしゅく》に泊《と》まりにいって、阿部《あべ》さんと親《した》しくしていたそうだ。そして、ついには自分も山荘《さんそう》を買うことにしたのだという。

阿部《あべ》さんは夏の初《はじ》めに病気で入院したあと、おばさんといっしょに、街《まち》に住《す》む娘《むすめ》のところに行って療養《りょうよう》していた。それで、夏休み前にカギを送ってくれたきり、ずっと連絡《れんらく》がとれなかったのだ。今また元気になって、山の家にもどってきたところだった。

阿部《あべ》さんは、おじいちゃんの絵日記を見ながら、ここでのくらしについて話してくれた。釣《つ》りや山菜採《さんさいと》り、きのこ採《と》りの話。それに、冬、雪が積《つ》もっている中、ニョロニョロを見に行ったときのことなどを。

みんなは、夏、おじいちゃんの絵日記を見つけたときから、ニョロニョロに興味《きょうみ》を持っていた。ニョロニョロといえば、ムーミンの物語に出てくる生き物だ。頭がつるんとして、くりっとした目。すとんとした胴《どう》。胴《どう》から出ている二つの手。それがどこにやってくるのか、どうしたら見られるのか。

子どもたちがたずねると、阿部《あべ》さんは、

「冬に来たら、見せに連《つ》れていってあげよう。夏にはおらんでな」と笑《わら》っていった。

そして、みんなは冬休みにも山荘《さんそう》にやってきた。


土間のストーブの上には、大きなヤカンとおしるこのナベがかけてある。

おかわりをよそって、おしるこのナベが空になると、トキ子おばさんは水でいっぱいにした大ナベをかわりにのせた。ストーブの上には、いつも水で満《まん》タンにしたヤカンやナベをかけておくのだという。それを料理《りょうり》や、夜寝《ね》るときには湯たんぽなどに使うのだった。

トキ子おばさんはその話をしたあと、みんなに注意をした。

「ストーブの周《まわ》りにさくはあるけれど、土間で走ったりふざけたりすることは絶《ぜっ》対禁止《たいきんし》」

何かのひょうしに、ストーブにぶつかって熱湯《ねっとう》を浴《あ》びたら、大やけどをするからだ。そして、その約束《やくそく》を守れない人は、即《そく》、家に帰らせるといった。

おしるこを食べ終わると、みんなは、

スキー用の上着とズボン、帽子《ぼうし》に手ぶくろ、長靴《ながぐつ》をはいて外に出た。クツは、もう一足、ぬらしたときの予備《よび》にスノーシューズを持ってきている。

たとえ荷物運びだろうと何だろうと、この大雪が積《つ》もった中を歩き回るのは、楽しくてたまらない。

哲平《てっぺい》は、人の歩いていない雪原に向かってかけだした。ところが、雪に足をふみ入れたとたん、ズボッとひざの上までもぐった。

「うおー、すげー深い」

「きのう、ぼくたちもこんなところ歩いて、道作ったんだよ」剛《ごう》が説明《せつめい》した。

「あした帰るまでに、みんなにかんじきのはき方も教えてやらなきゃな」

父さんのやることが、また一つ増《ふ》えてしまった。

荷を運べるソリは二台あった。父さんと明《あきら》おじさんが、ソリの前についているひもを引っぱり、哲平《てっぺい》と剛《ごう》が後ろを押《お》す係になって、食料《しょくりょう》のダンボールやまきを運んだ。

トキ子おばさんとケン、ジュン、亜季子《あきこ》、若葉《わかば》

は、ひとりひとりが大きなポリぶくろに毛布などを入れて、肩《かた》にかけて運んだ。
山荘《さんそう》の入り口の右側《がわ》の壁《かべ》にそって、まきははしから順《じゅん》にきちんとならべて積《つ》み上げられていった。

車の荷物を運び終えると、まき運び係の四人以外《いがい》は、夕食のしたくにとりかかった。トキ子おばさんとケンと若葉《わかば》の三人は、エビピラフとビーフシチュー、サラダ作りを担当《たんとう》し、亜季子《あきこ》とジュンがケーキの係だ。

冬の山荘《さんそう》では、野菜《やさい》を切ってナベに放りこみ、ストーブにかけておけばできあがり、という料理《りょうり》がメインになる。汁《しる》たっぷりの煮物《にもの》やシチュー、ナベ料理《りょうり》などだ。けれど、きょうはクリスマスなので、特別《とくべつ》にトキ子おばさんじまんのダッチオーブンなども使って、ごちそうを作ることにしていた。

ジュンと亜季子《あきこ》は、持ってきた三十センチと二十センチ、二つのスポンジの台を使って、二段《だん》重ねのケーキを作ることにした。生クリームを二パックぶんあわ立てて台をおおい、イチゴでかざる。

生クリームを手であわ立てるのは、なかなか骨《ほね》が折《お》れる仕事だった。亜季子《あきこ》がいうには、ツノが立つくらいにならないとダメだそうだ。

ジュンはがんばってかきまぜ続《つづ》け、やがて生クリームは、なめらかだけど、ぴんとツノが立つようになった。亜季子《あきこ》がOK《オーケー》を出し、一段目《だんめ》のスポンジを生クリームでおおった。

次に小さいスポンジを上に重ね、それも生クリームでおおった。半分にしたイチゴを、大小のスポンジの台の上にぐるっとのせると、二段《だん》のケーキができあがった。

そんなのを見ては、剛《ごう》と哲平《てっぺい》がただおとなしくソリの後ろを押《お》す仕事など続《つづ》けているはずがない。外もうす暗くなってきたので、残《のこ》りのまき運びはあしたに持ち越《こ》された。

亜季子《あきこ》は、「サンタさんのせよう」というと、大きなイチゴの上を三分の一くらい切って、間に生クリームをはさんだ。イチゴの上の部分がサンタの帽子《ぼうし》で、下は洋服《ようふく》だ。帽子《ぼうし》のてっぺんに生クリームをつけ、間の生クリームに、チョコレートで目をつけると、サンタクロースのできあがりだった。

「ぼく、このサンタ食べたい」哲平《てっぺい》がいった。

「ずるいよ。ぼくだって食べたいよ」

剛《ごう》が、むきになっていう。

「ケンカしないの。剛《ごう》にもサンタさん作ってあげるから」

亜季子《あきこ》はそういうと、もう一つイチゴを使ってサンタを作った。サンタは、ケーキの上に二つならべてかざられた。

第5章

初日《しょにち》の夜

山荘《さんそう》の中に入ると、すぐにみな、土間にあるまきストーブの周《まわ》りに集まってくる。さくに手ぶくろや帽子《ぼうし》など、ぬれたものをかけて干《ほ》すついでに、体も暖《あたた》めようというわけだ。外で着ていた上着とオーバーズボンは、一階《かい》の背より少し高いところに、父さんがはってくれたロープにかけて干《ほ》した。

剛《ごう》と哲平《てっぺい》も、しばらくの間、ストーブにあたったり、ケーキ作りをしている姉さんたちの周《まわ》りをうろうろしたりしていたが、やがて、二階《かい》に上がっていった。土間では、走ったりさわいだりできないから、おもしろくないのだ。

二階《かい》は、すべて板ばりのワンフロアだ。何本かの太い柱が、ところどころで屋根《やね》をささえているが、しきりがないので、広々としている。夏の間、そこは子どもたちの遊び場で、夜は剛《ごう》と哲平《てっぺい》とケンの寝《ね》場所となっていた。今も、哲平《てっぺい》は二階《かい》に行くと、すぐにいった。

「ぼく、きょうここで寝《ね》たい」

「うん。いいね。そうしよう。お母さん、二階《かい》は寒いっていうけど、へっちゃらだよ」

剛《ごう》がそういっていると、父さんが階段《かいだん》のところから顔を出した。

「おい、剛《ごう》、哲平《てっぺい》。寝《ね》ても寝《ね》なくても、二階《かい》をそうじしろって、トキ子おばさんがいってるぞ」

「エーッ、こんな広いところ、二人でそうじするのー」哲平《てっぺい》が顔をしかめた。

「いや、ぼくも手伝《てつだ》うよ」

父さんは、水の入ったバケツを二階《かい》の床《ゆか》に置《お》いた。

剛《ごう》と哲平《てっぺい》は、父さんがあらってしぼったぞうきんに両手を置《お》くと、部屋のはしからはしまで、さーっと走るようにしてふいていった。

しばらく行ったり来たりしたあと、哲平《てっぺい》の動きが止まった。

「あーっ、あったかい、ここ」

ストーブのエントツが、一階《かい》から上にのびてきていた。剛《ごう》も近よってきた。

「本当だ。あったかい。ストーブの熱《ねつ》が上まできてる」

「やった、やった。それじゃ、二階《かい》も寒くないね」哲平《てっぺい》は喜《よろこ》んだ。

それから三人は、はしからはしまで行ったり来たりして、ぞうき

んがけをした。熱心《ねっしん》に働《はたら》いたが、三分の一ほど残《のこ》したところで、夕飯の時間になってしまった。

山荘《さんそう》生活一日目、クリスマスの食事は、豪勢《ごうせい》だった。ほりごたつの上に、ところせましとごちそうがならんだ。こたつは、九人で囲《かこ》むにはせまかったが、ぎゅうぎゅう詰《づ》めになってすわった。

食器《しょっき》は、全員アルミのキャンプ用のものだ。大きなおわんの中に、小さなおわんが入れ子のように入り、ふたは小皿の代わりになる。持ち運びが楽なので、山登りに持っていくのに便利《べんり》だし、小さくまとまるのでじゃまにならない。

トキ子おばさんじまんのダッチオーブンで炊《た》いたピラフは、少しこげ目ができたが、それもまた人気で、子どもたちの間でとりあいになった。大きなジャガイモやニンジンなどが、ごろごろと入っているビーフシチューもおいしかった。最後《さいご》のクリスマスケーキも、九人ぶんたっぷりあった。

「残念《ざんねん》だな。これからってときに、帰らなくちゃならないなんて」明《あきら》おじさんがいった。

「お父さんも、ずっといればいいじゃない」剛《ごう》がいう。

「そういうわけにはいかないよ。三十日の昼まで仕事だ。その日の夜か夜中には、また来るよ。三十一日には帰るんだから、ほとんど荷物運びだけどな」

「ねえ、どうして、お正月までいちゃいけないの？　お正月もここにいたら、お父さんだって、ゆっくりできるのに」

「お正月は家族そろってむかえなきゃね。ジュンちゃんたちのお母さんも、哲平《てっぺい》君たちのお父さんお母さんも、お正月休みにわざわざこんな寒いところですごしたくないでしょ」

「うちの母さん、来るのいやじゃないかもしれないよ。ニョロニョロ見たいっていってたし」とジュンがいうと、

「うちのお母さんたちはわからないな。寒いのあまり好《す》きじゃないから」と、若葉《わかば》がいう。

「まあとにかく、ここでちゃんとくらせるようにするのが先ね。三十一日までだって、まだ一週間もあるんだから。その間に、あなたたちだって、ここにいるのいやになるかもしれないわよ。寒くって」トキ子おばさんはそういって、笑《わら》った。

明《あきら》おじさんが出発する時間になった。

「ぼく送ってく」剛《ごう》がいった。

「ぼくも」「わたしも」「わたしだって」

次々にみんながいう。

「こんな寒い中、もの好《ず》きね。見送りはまかせるわ。あったかいかっこうをして、懐中《かいちゅう》電灯《でんとう》を持っていきなさい。きょうは大サービスで、わたしがかたづけものをしてあげる」

みんなは、上着とズボン、帽子《ぼうし》、手ぶくろを身につけ、完全防備《ぼうび》のかっこうで外に出た。

しーんと冷たい空気が、みんなをとり囲《かこ》んだ。

「夜なのに明るいね」と若葉《わかば》がいった。

「月が出てるからだよ」

ケンの言葉に、みな空を見上げた。

「すごい。星がいっぱいだ」ジュンがつぶやく。

「懐中電灯《かいちゅうでんとう》がなくても歩けるね」亜季子《あきこ》がいうと、

「ぼくはつけて行くよ」剛《ごう》は得意そうな顔で、ヘッドランプのスイッチを入れた。

剛《ごう》はそれを今年の誕生日《たんじょうび》に手に入れた。夏にケンといっしょに山登りに行って以来《いらい》、どうしてもほしくなったのだ。

街灯《がいとう》などない山では、日が暮《く》れたら明かりなしでは歩けない。

今はもう自分のヘッドランプを持っているので、剛《ごう》はうれしくてたまらなかった。

「それじゃ、三十日にな」明《あきら》おじさんは、車に乗りこんだ。

「お父さん、雪道の運転、気をつけてね」亜季子《あきこ》がいった。

明《あきら》おじさんは、ドアをしめる瞬間《しゅんかん》、みんなを見た。

「こんなに寒い雪の中の家に泊《と》まるの、いやっていう者はいないか？　いたら、乗せていってやるぞ」

「エー」「やだー」「いないよー」

みんな、いっせいにいった。

明《あきら》おじさんは、みんなに見送られて、出発した。車のヘッドライトが雪の壁《かべ》にあたって、しばらく進行方向が明るかった。

やがて、車はカーブの向こうに消え、明かりも見えなくなった。あたりは、また元のうす暗い世界にもどった。

「これでもう、何があっても簡単《かんたん》にはどこへも行けない」亜季子《あきこ》がきっぱりといった。

「えっ、本当？」と哲平《てっぺい》が聞く。

「本当だよ」とケンが答える。

「でも、それが楽しいんじゃないか。雪の中の家に、ぼくたちだけ」

「やったー」剛《ごう》は大声でそういうと、広々とした雪原に向かって、かけだした。

「ぼくらだけの秘密基地《ひみつきち》に、ぼくらだけの雪の遊び場だー」

哲平《てっぺい》が、剛《ごう》を追いかけながら、いった。

「ねえ、これからみんなで花火しよう」

「お前、本当に今回も花火持ってきたのか」ケンがあきれたようにいった。

「あったり前だよ」

「しよう、しよう。クリスマスの花火大会」

剛《ごう》もそういって、二人は大急ぎで山荘《さんそう》に向かってかけていった。

年上の四人が、外で星空をながめながら待っていると、剛《ごう》と哲平《てっぺい》は、中にろうそくを立てた空き缶《かん》二つと、花火を持って出てきた。

「今回は打ち上げ花火は持ってこなかったのか？」とケンが聞いた。

「持ってきた。それはとっといて、特別《とくべつ》なときにやる」

哲平《てっぺい》は、夏にも同じことをいった。そして、ケンと剛《ごう》が山から帰ってこなくて心配だったときに、待っていることを知らせるために、峠《とうげ》で打ち上げたのだ。

「ねえ、クリスマスツリーだよ」

若葉《わかば》が大きなシラビソの木を見上げた。木の枝《えだ》に雪をのせたシラビソのなみ木は、山荘《さんそう》までずっと続《つづ》いている。

「ほんとだー」とジュンがいった。

「こんなにたくさんの大きなツリー、初《はじ》めて見た」

亜季子《あきこ》が、ろうそくを立てた缶《かん》を一つ、頭の上にかざした。空を見上げると、いつの間にか雪がふりだしていた。

花火が終わったあとも、みな雪の野原をかけ回り、雪の中でころげ回り、雪の玉をぶつけあった。だれ一人、山荘《さんそう》に入りたい者などいなかった。

けれど、とうとう、トキ子おばさんの声がひびきわたった。

「いいかげんに中に入りなさい」

「エー」「あーあ」

みんなは、ガッカリした。すると、またすぐにおばさんの声が聞こえてきた。

「あしたもあさっても、ずっとここにいるんだから」

雪国での生活は、始まったばかりだ。遊ぶ時間は、まだたっぷり残《のこ》っている。それに気づくと、みな満足《まんぞく》した気分で、ようやく山荘《さんそう》にもどっていった。

ストーブには、あつあつの甘酒《あまざけ》が煮《に》えていた。

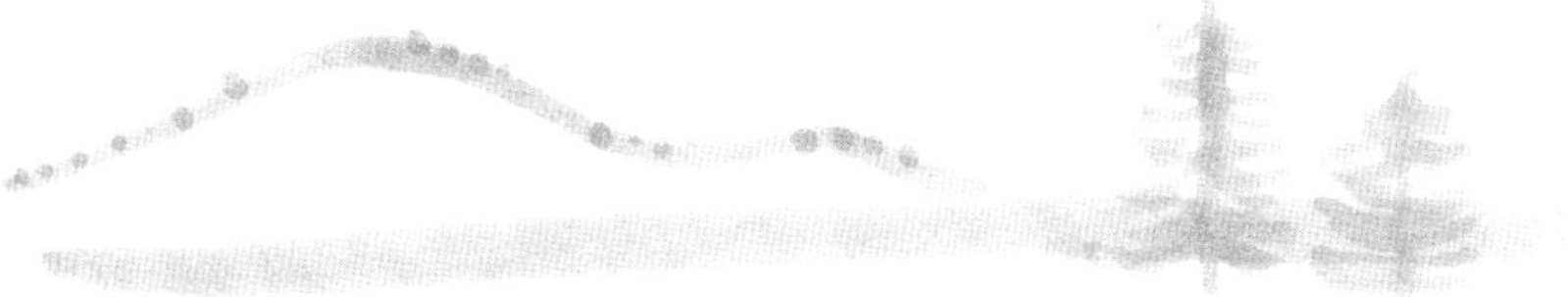

第6章

山の朝

雪は音もなくふり続《つづ》いていた。山荘《さんそう》の中では、みなひっそりと、身動きもせずに眠《ねむ》っていた。顔が出ていると寒いので、寝《ね》ぶくろに深くもぐりこんでいる。

一階《かい》では、女の子たち三人とトキ子おばさん、父さんが、寝《ね》ぶくろの足から先の部分をこたつの中につっこんで寝《ね》ている。

そして、二階《かい》では、ケンと剛《ごう》と哲平《てっぺい》が、寝《ね》ぶくろをくっつけ合うようにして寝《ね》ていた。三人の寝《ね》ぶくろの下には、毛布が二枚《まい》と、トキ子おばさんが家から持ってきた、毛足の長いしきものがしいてある。寝《ね》ぶくろの上にも三枚《まい》の毛布が重なり合うようにかけてあった。

それでも、寒いかもしれないといって、トキ子おばさんが、三人の寝《ね》ぶくろの中に湯たんぽを入れてくれた。ペットボトルに湯を入れ、古いバスタオルでくるんである。

哲平《てっぺい》は、とつぜんバチッと目が覚《さ》めた。そろそろと体を動かし、寝《ね》ぶくろから顔を出した。とたんに冷《つめ》たい空気が顔にあたるのを感じた。あたりはうす暗い。でも、真っ暗ではなかった。もう朝かもしれない。朝なら起きよう。きのうの夜、どのくらい雪が積《つ》もったか見に行かなくちゃならない。

哲平《てっぺい》は、寝《ね》ぶくろからはい出した。すぐにまどのほうに歩いていこうとして、足をふみ出したら、床《ゆか》が冷《つめ》たかった。

「うっ、冷《つめ》てえ」

なるべく、足の裏《うら》をつけないように、つま先立ちで歩いていった。

まどガラスはこおっていた。きれいなもようができている。そのせいで、外は見えない。

哲平《てっぺい》は寝《ね》ぶくろのところまでもどると、ソックスをはいた。そのまま、すぐに下に行こうとして、階段《かいだん》まで歩いていくとちゅうで、ケンから声をかけられた。

「トイレか？」

「ううん。外見に行く」

その声で、剛《ごう》も目を覚《さ》ました。

「ぼくも行く」

「二人とも、下に行く前に着がえろよ。パジャマのまま外に行ったら、おこられるぞ。それと下に行くときには、湯たんぽのペットボトルを持って行くんだぞ」

哲平《てっぺい》は、寝《ね》ぶくろのところまでもどってくると、

「うー、寒い、寒い」といいながら、着がえ始めた。パジャマがわりにジャージの上下を

着ていたが、いったんぬぐときがふるえるほど寒かった。

剛《ごう》も起きあがり、足を寝《ね》ぶくろに入れたまま、もそもそと着《き》がえた。そのあと、二人は寝《ね》ぶくろに頭をつっこんで、ペットボトルを取り出すと、先をあらそうようにして下におりていった。

少しおくれて、ケンが一階《かい》に行くと、トキ子おばさんがストーブに火をつけていた。

「おばさん、おはよう。剛《ごう》たちは？」

「あっという間に外に行っちゃったわよ」といって、トキ子おばさんは笑《わら》った。

「冬の山荘《さんそう》では、朝一番にすることは、ストーブに火をつけることなの。もしケン君がわたしより早く起きたら、お願《ねが》いね。それで、でかけるとき以外《いがい》は、ずっと火をたやさないように、まきを足し続《つづ》けるの」

「着火剤《ちゃっかざい》使ってるんだ」とケンがいった。

「きょうは使ってみたけど、おき火が残《のこ》ってるから、杉《すぎ》の葉なんかでも、すぐにつくと思うわよ」

おき火というのは、まきがもえたあとの真っ赤になったもののことだ。それが、朝になっても消えずに残《のこ》っていた、とトキ子おばさんはいった。

ケンは土間のドアを開けて、外に出た。ユウジたちが雪かきしておいてくれたドアの前にも、また十センチくらいの雪が積《つ》もっている。雪はやんでいるけれど、どんよりとした空もようだ。

「ケン兄。すごい雪ふっちゃったよ」

「きのうの足あと、全部消えちゃってる」

広い雪の原をずんずん進んでいた哲平《てっぺい》と剛《ごう》が、ふり返って、いった。

ケンも行こうとしたら、ドアが開いて、トキ子おばさんから声をかけられた。

「悪いけど、水くんできてくれない？　もう朝ごはん作るぶんきっかりくらいしかないの」

ケンが山荘《さんそう》に入ると、父さんも起きてきた。

「ぼくもいっしょに行こう」

ケンは取っ手つきの大きなペットボトルを二つ持ち、父さんは、山荘《さんそう》に元からあった赤い五リットル容器《ようき》を一つ持って、裏《うら》のドアから外に出た。

裏《うら》は八メートルくらい平らで、その先は斜面《しゃめん》になっている。きのう、明《あきら》おじさんが水くみのために登ったときについたふみあとは、ほとんど消えて、わずかにスジが残《のこ》っているだけだ。

ケンは先に立って登ろうとしたとたん、ズボッとひざの上まで雪にもぐった。次の足を出したら、またもぐった。

「ちょっと待ってろ。かんじき持ってくるから。ついでにはき方教えてやろう」

父さんが山荘《さんそう》に入っていった。

ケンが平らなところまでおりて待っていると、父さんはかんじきをいくつかと、スノーダンプ、スコップ、大きいほうのソリ、それにジュンを連《つ》れてもどってきた。

「剛《ごう》や哲平《てっぺい》でも、水くみができるように、水場までの道を作ろう。ついでに、帰りにそりでおりられたら、水くみも楽しいだろ」

父さんは、かんじきを雪の上に置《お》き、その上に足をのせ、はき方を教えた。かんじきは、阿部《あべ》さんがみんなのために手作りして、山荘《さんそう》

に置《お》いておいてくれたものだ。

ケンは両足ともかんじきをつけると、すぐに水場までの斜面《しゃめん》を登り始めた。

「すごい。ちょっとしかもぐらない」

「あー、ほんとだ」ジュンも、すぐあとから登っていく。

水場まで登ると、二人は積《つ》もっている雪の間から下をのぞいた。水は一メートルほど下を流れているので、手をのばしても、まったく水面にはとどかない。

父さんも登ってきて、水場近くの雪を、かんじきでふみ固《かた》めた。そのあと、スコップで水場に向かって、斜《なな》めに雪をほり始めた。

そのとき、山荘《さんそう》の裏《うら》のドアが開いて、剛《ごう》がさけんだ。

「ねえ、何してるのー?」

「水くみ場を作ってるんだよ」

ケンが答えるのと同時に、

「ちょうどいい。剛《ごう》と哲平《てっぺい》も、ペットボトル一つずつと、ソリを四つくらい持って登っておいで」と父さんがいった。

「あー、ぼくもそれ、はきたい」

哲平《てっぺい》が登ってくるなり、三人がはいているかんじきを見ていった。哲平《てっぺい》と剛《ごう》は、ケンたち三人が歩いたあとに足を置《お》いて登ってきたので、長靴《ながぐつ》のままでももぐらなかった。

「かんじきをはくと、ソリすべりしにくくなるから、今はそのまますべってごらん。すいすいすべれるようになったら、下まで水運びだ」

剛《ごう》が、最初《さいしょ》にすわってすべろうとした。けれど、少しすべっただけで、止まってしまった。

「足で雪をけったらどうかな」

ケンがいった。ところが、剛《ごう》が両足で雪をけったとたん、今度はソリからおしりがはずれて、雪の中に飛び出して、もぐってしまった。

「あはは。ぼくが先にやってみるよ」

ケンは笑《わら》いながらかんじきをはずすと、ソリにすわった。

「わかった。こうやるんだよ」

ケンはソリの持ち手を、またの間から出して持った。さっき剛《ごう》は、それを持たずに、ただすわったので、おしりからソリがはずれてしまったのだ。それから、ケンは両足を上げて少しすべり、止まると両足で雪をけり、少しずつ下におりていった。

次に剛《ごう》が行ったが、ケンよりスムースにすべった。とちゅうでソリが止まると、ケンと同じように両足で雪をけった。

哲平《てっぺい》の番になると、ほとんど足でけらずに下まですべりおりられるようになった。

「おもしろそう」

ジュンもかんじきをはずそうとした。それを見て、父さんがいった。

「かんじきをぬがずに、大きいほうのソリでもすべれるように、もっと幅《はば》広く雪をふみ固《かた》めてくれるか」

ジュンが、かんじきで登ったりおりたりして、今まですべったすぐ横の雪をふみ固《かた》めた。剛《ごう》と哲平《てっぺい》も長靴《ながぐつ》のままジュンのあとに続《つづ》いた。

ケンは、父さんがくみ上げた水を入れたペットボトルを持って、大きいほうのソリに乗ってみた。ゆっくりゆっくり、ソリは下に向かってすべりおりていった。

第7章

雪国のくらし

「朝ごはんできたよー」

　亜季子《あきこ》と若葉《わかば》が外に出て知らせたとき、剛《ごう》が大きいほうのソリに乗って、いきおいよくすべりおりている真《ま》っ最中《さいちゅう》だった。両足の間には、水の入ったペットボトルをはさんでいる。ソリすべりの坂は、もうとちゅうで止まることなく、ビューッと一気に下まですべるようになっていた。

　ケンは、山荘裏《さんそううら》の雪かきをしていた。スノーダンプを使うと、スコップにくらべ、一度にたくさんの雪が運べる。上では、父さんが水場まで、階段状《かいだんじょう》に雪を固《かた》めて、だれでも簡単《かんたん》に水をくめるようにしていた。

「あー、楽しそう。朝ごはんがすんだら、わたしたちも水くみ手伝《てつだ》おう」

　亜季子《あきこ》が、若葉《わかば》に向かっていった。

　朝ごはんは、ベーコンにタマネギ、キャベツなどの野菜《やさい》がたっぷり入ったスープとロールパンだった。ロールパンは、ダッチオーブンに入れて温めてあった。

朝食がすむと、すぐにみな別《わか》れて、仕事にかかった。父さんが帰るのは、昼すぎのバスだ。それまでに、やることは山ほどあった。

亜季子《あきこ》と若葉《わかば》が、ソリを一台使って、水くみをし、もう一台のソリで、ケンとジュンがまき運びをした。

父さんと哲平《てっぺい》、剛《ごう》は、きのうの続《つづ》きで二階《かい》のそうじだった。三人は、壁《かべ》から壁《かべ》まで何度も往復《おうふく》して、床《ゆか》ふきをした。

ようやく二階《かい》がすむと、すぐに哲平《てっぺい》が聞いた。

「外に遊びに行っていい?」

「いや。屋根裏《やねうら》もそうじしよう」

「エー、屋根裏《やねうら》には行かないよ。そうじしなくてもいいでしょ」

剛《ごう》もいったが、父さんは、

「冬は、晴れるより雪がふることのほうが多いんだ。家の中で遊べるように準備《じゅんび》だけはしとかなきゃな」といって、そうじを続《つづ》けることになった。

屋根裏《やねうら》へは、二階《かい》の真ん中へんにあるはしごのような階段《かいだん》を登っていく。天井《てんじょう》に板戸がついているので、それを押《お》し上げて、屋根裏部屋《やねうらべや》に入る。

屋根裏部屋《やねうらべや》のほこりも、じょじょにふき取られていった。二階《かい》よりよごれていたが、せまいぶん、早く進んだ。

きれいになったのを見て、剛《ごう》がいった。

「きょうから屋根裏《やねうら》で寝《ね》たいな」

「エー、そんなことできるの」哲平《てっぺい》がおどろいて聞いた。

「ここは、まどがサッシじゃないから、すきま風が入ってきて寒いぞ。ストーブのエントツも通ってないし」と父さんがいう。

「ユウ兄たちは、雪の中のテントで泊《と》まってるんでしょ。ここは家だし、それより寒くないよ」

「ユウジ君たちは、あったかい寝《ね》ぶくろ持ってるだろうし、着る物もたくさん着てるさ」

「ぼくも、たくさん着て寝《ね》るよ」と剛《ごう》はいいはった。

「それじゃあ、ここにテントをはって泊《と》まるっていうのはどうだ？　そうしたら、だいぶ寒さも防《ふせ》げるだろう」

「うん。そうする。それがいい」剛《ごう》がいきおいこんで、いった。

「やったー」哲平《てっぺい》も大喜《よろこ》びだ。

剛《ごう》はすぐに、まどのところに飛んでいくと、

「オーイ。ケン兄ー」と、下に向かってさけんだ。

「屋根裏《やねうら》にテントはって泊《と》まっていいって」

「何のことだよー。それより、まき運びもう終わるから、早くそうじ終わらせて出てこいよー」

「わかったー。すぐ行く」


時刻《じこく》は十一時だった。子どもたちは全員、スキー用の上着とズボン、帽子《ぼうし》、手ぶくろをつけ、それぞれかんじきを持って、山荘《さんそう》の外に出た。外は小雪が舞《ま》っている。

「うわー、寒い、寒い」

トキ子おばさんも、かんじきのはき方と歩き方を教わるために外に出てきた。今度、みんなといっしょに、山にニョロニョロを見に行くつもりなのだ。

父さんとケンとジュンの三人が先生で、そのほかのみんなが生徒《せいと》だった。

まずかんじきを雪の上に置《お》いて、その上に足をのせる。ひもをクツ先に引っかけてから、かんじきのひもの下をくぐらせたり、交差《こうさ》させたりして、最後《さいご》は足の甲《こう》の上できつく結《ゆ》わえる。結《むす》び方がゆるいと、すぐにほどけて、かんじきがぬげてしまう。

哲平《てっぺい》はかんじきをはくと、いきなり雪の原に向かってかけだした。

「すごい。全然《ぜんぜん》もぐらない」そういっているそばから、雪の中に前のめりにころんだ。

「なんだよ。足が動かなくなった」

剛《ごう》も哲平《てっぺい》のほうに向かって、かけていった。

「すいすい歩けるよ」

ところが、哲平《てっぺい》の横を通って、少し先まで行ったところで、同じようにころんだ。

「あー、かんじきぬげちゃった」

かんじきは、クツより大きいから、クツと同じように歩くと、自分の片一方《かたいっぽう》のかんじきで、反対の足のかんじきの輪《わ》っかをふんづけてしまうのだ。

ケンが剛《ごう》の横の雪をふみ固《かた》めて、そこに剛《ごう》のかんじきを置《お》き、もう一度ちゃんとひもを結《むす》ぶようにいった。

「今、歩き方を見せてあげよう」

父さんは、足をまっすぐ前に出さずに、外側《がわ》から回すようにして出した。

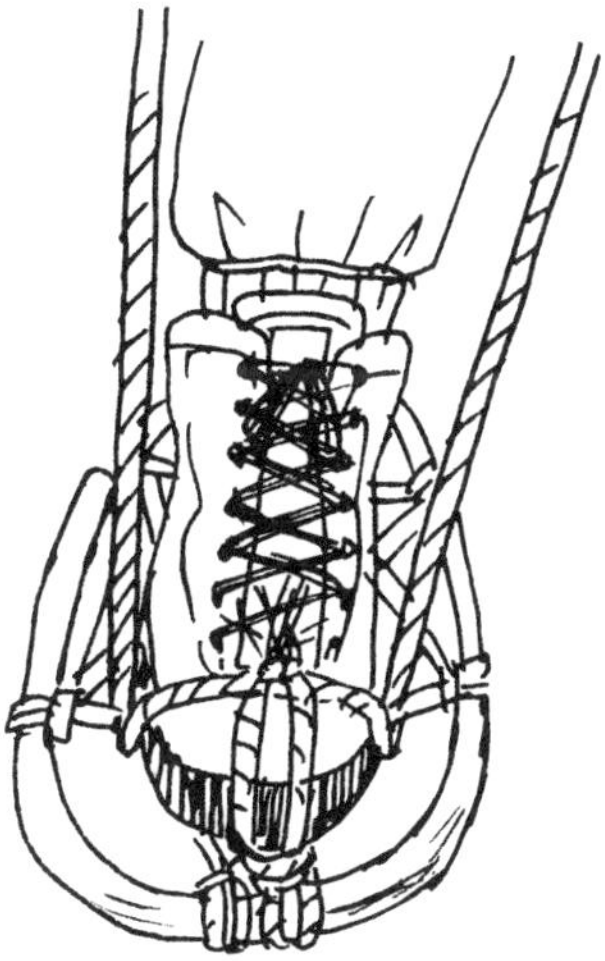

哲平《てっぺい》がそれを見て、まねして走ったら、ふらふらとダンスでもおどるようなかっこうになったので、みな笑《わら》ってしまった。

トキ子おばさんが、昼ごはんを作りに山荘《さんそう》にもどったあと、みんなは黒岳《くろだけ》方向のなだらかな斜面《しゃめん》を登っていった。深雪《しんせつ》をふみ固《かた》めて進む、ラッセルの練習をするためだった。先頭でラッセルするのは、雪面まで足を持ち上げるので、骨《ほね》が折《お》れる。後ろの人は、前の人がふみ固《かた》めたところに足を置《お》けばいいので、先頭を交代しながら、ラッセルをした。

かんじき歩きの練習からもどると、みんなは、トキ子おばさんが作ったあんかけ焼《や》きそばを食べた。

それから、父さんは一人で東京に帰っていった。次に来るのは、十二月三十日の昼だ。阿部《あべ》さんの家のある村で、父さんはバスをとちゅう下車し、みんなとおちあって、ニョロニョロを見に行く計画だ。

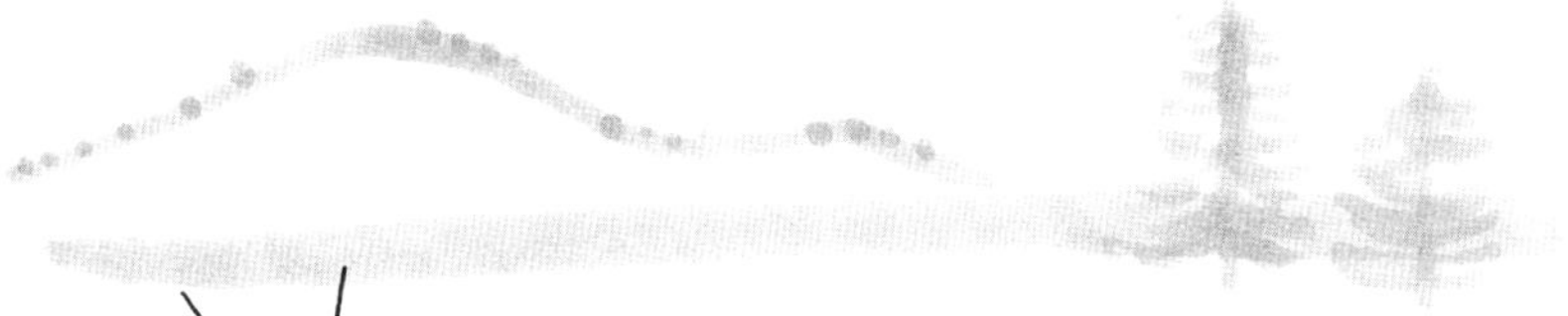
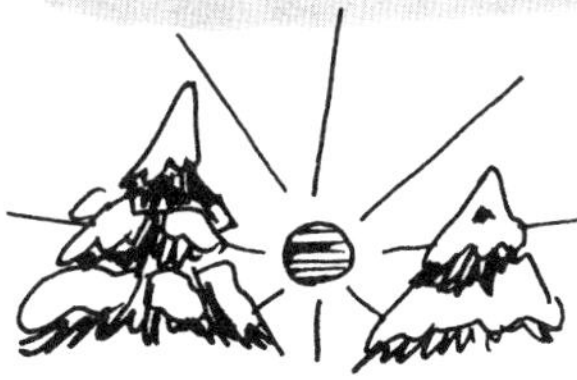

第8章

ふしぎの山へ

三日目の朝をむかえた。トキ子おばさんと六人の子どもたちが、ニョロニョロを見に行く日だ。きのうおばさんは、阿部《あべ》さんに連絡《れんらく》をとって、案内《あんない》をしてもらう約束《やくそく》をとりつけていた。

阿部《あべ》さんの住《す》む村の近くには、ニョロニョロの来る洞《どう》くつが二カ所あるという。ひとつはとても有名で、大勢《おおぜい》の人がおとずれる。けれど、そのため、洞《どう》くつに入った人に、ときどき荒《あ》らされてしまうことがあるそうだ。それで、もうひとつの小さいほうの洞《どう》くつを知っている村人は、その場所をあまり人に教えないようにしているのだった。

その話を聞くと、子どもたちは全員、絶対《ぜったい》にニョロニョロにはさわらないと約束《やくそく》した。そして、雪の時期だけニョロニョロがやってくるなんて不思議《ふしぎ》なので、『ふしぎの山』とよぶことにした。

ケンは目を覚《さ》ますと、大急ぎで一階《かい》におりてきて、土間のドアを開け外を見た。すぐに、

「すごい、晴れてる。ついてるぞ」と、みんなに知らせた。

外はまばゆいほどの日の光があふれていた。シラビソの木の後ろから照《て》らす朝の光が、真っ白な雪面にくっきりと木の影《かげ》を作っている。

「うわー、早く外で遊ぼうぜー」剛《ごう》が大あわてで階段《かいだん》をおりてきた。

「待って、待って。ぼくもすぐ行くから」哲平《てっぺい》の声が、二階《かい》から聞こえてくる。

きのうの夜、剛《ごう》と哲平《てっぺい》は、屋根裏《やねうら》にテントをはって寝《ね》たいといった。ケンもいっしょに。けれど、トキ子おばさんから却下《きゃっか》された。屋根裏《やねうら》にいると、下からの声が聞こえないからだ。


きょう九時のバスに乗るためには、すべてを手ぎわよく進めなくてはならない。三人を起こすために屋根裏《やねうら》まで行ってはいられない、というのが反対理由だった。結局《けっきょく》、屋根裏《やねうら》にテントをはって寝《ね》るのは、今晩《こんばん》に持ち越《こ》された。


そして、今も外へ飛び出して行こうとした剛《ごう》と哲平《てっぺい》は、トキ子おばさんに、すんでのところで止められた。

「今朝は全員、食事当番！」

ケンがストーブに火をおこした。トキ子おばさんは、二階《かい》で寝《ね》た三人が持ってきた湯たんぽの湯をヤカンに入れた。

そのとき、女の子たちも起きてきた。

「何すればいい？」と亜季子《あきこ》が聞いた。

「三人は、剛《ごう》と哲平《てっぺい》を手伝《てつだ》わせて、お弁当《べんとう》作ってちょうだい」

弁当《べんとう》はホットドッグ用のパンだった。一本はいためたウィンナーソーセージとキャベツをはさむ。もう一本はジャムをぬる。それと、一人一個《こ》ずつのゆでたまごに、デザートはミカンだ。

「作る前に、みんな自分の保温水筒《ほおんすいとう》を出しておいて。熱《あつ》いお茶をいれてあげるから」

その間、ケンは外に出て、水くみをした。

朝ごはんは、昨夜《ゆうべ》の鶏《とり》の水炊《みずた》きの残《のこ》りに、ごはんを入れて煮《に》こんだ雑炊《ぞうすい》だった。最後《さいご》にときたまごを入れて、みつばを散《ち》らした。

「あちち。こんなに熱《あつ》くちゃ、急いで食べられないよ」哲平《てっぺい》が一口食べたとたん、いった。

「まだ時間はあるから、ゆっくり食べなさい」

食べながら、きょうの山登りに持っていくものの相談をした。

「ソリ、かんじき、昼ごはん、水筒《すいとう》」亜季子《あきこ》が次々にあげた。

「それにおやつがいるね」剛《ごう》は相変《あいか》わらず、おやつをわすれないのだった。

「雪の上にすわるのに、しきものがいる?」と若葉《わかば》が聞いた。

「ぼくが銀のレジャーシートを持っていく。それにすわればいいよ」ケンが答えた。

「ぼくはヘッドランプも持っていく」剛《ごう》の言葉に、

「昼すぎにはおりてくるんだよ」と亜季子《あきこ》がいった。

「山に登るときには、いつだってヘッドランプ持っていくんだよね。ケン兄？」

「うん。それとぼくはテーピング用のテープを持っていこう」

夏、山に登って足首をねんざしたとき、ケンはユウジから、テーピングのしかたを教わった。そのとき、テーピングをすれば、ねんざをしても少しは歩けることを知ったのだ。

「あとホイッスルとナイフもいるね」

剛《ごう》は夏、山に行ったときに、ケンが必《かなら》ずそれらをリュックに入れておくのを見ていた。

それで、自分もお父さんにたのんで買ってもらったのだった。

そして、午後にはそのまま温泉《おんせん》に行くので、全員タオルと着がえをリュックに入れた。

時間はたっぷりあるようでいて、最後《さいご》は押《お》せ押《お》せになった。雪の中に出ていくには、よろいのように、たくさんのものを身につけなくてはならない。

山荘《さんそう》の中で着ているフリースの上着は、いったんぬいで、下にもう一枚《まい》セーターを着た。フリースの上には、スキー用の中綿《なかわた》の入ったアノラック。下のズボンも一度ぬいで、ズボン下をはいたあと、またズボンをはきなおす。さらに、その上に、スキー用のオーバーズボンをはいた。

ぬいだり着たりをくり返し、やっとどんなに寒い中で半日すごしてもだいじょうぶ、というかっこうが整った。

ところが、出発しようとしたとたん、

「トイレ。行きたくなっちゃった」と、哲平《てっぺい》がなさけない様子で、いった。

「あわてないで行きなさい」トキ子おばさんが声をかけた。

たくさんはいているズボンなどを一枚《まい》一枚《まい》下におろすだけでも、手間がかかる。哲平《てっぺい》がもどってきたときには、みんなはすでに出発していて、待っていたのはケン一人だった。

「エー、どうしたの？　みんなぼくを置《お》いて行っちゃったの？」

哲平《てっぺい》が、泣《な》きそうな顔をした。

「バス停《てい》で待ってるから、だいじょうぶだよ。早くクツはいちゃえよ」

きょうは山登りなので、長靴《ながぐつ》ではなくスノーシューズをはいていく。ひもを結《むす》ぶのにも時間がかかる。哲平《てっぺい》が、板じきの上がり口にすわって、クツに足を入れると、ケンがひもを結《むす》んであげた。

山荘《さんそう》を出たとたん、ケンがいった。

「哲平《てっぺい》、走って行け。ぼくもカギをかけたら、すぐに行くから」

バスが来る時間まで、もうあと何分もない。

哲平《てっぺい》はバス停《てい》を目ざして、いちもくさんにかけだした。とちゅうでケンが追いつき、二人はさらにかけ続《つづ》けた。

道におりる壁《かべ》の上まで行ったとき、バス停《てい》にバスが止まっているのが見えた。みんなはもう乗りこんだらしく、外にはだれもいない。

哲平《てっぺい》はあわてていたので、雪の壁《かべ》でしりもちをつき、道まで一気におしりですべった。その後ろから、ケンは一気に雪の壁《かべ》をかけ下った。

バスまで行くと、入り口のドアはまだ開いていた。二人は階段《かいだん》を大急ぎで登って、バスの中に入った。

「そんなにあわてんでも、待っててやってるのに」運転手さんが、二人を見て笑《わら》った。

バスには、山荘《さんそう》に泊《と》まっている人以外《いがい》だれも乗っていない。急がなくても、運転手さんは二人が来るのを待っていてくれたのだ。

「なんだ。あわてて損《そん》しちゃった」哲平《てっぺい》は、はあはあと荒《あら》い息をしながらいった。


九時半ごろ、阿部《あべ》さんの家に着くと、阿部《あべ》さんはふだんのかっこうで出てきた。

「おお、ずいぶん早く来たな」

「おじいちゃん、早くニョロニョロのところに連《つ》れていってよ」剛《ごう》がいった。

「よし、じゃあ行くとするか」

阿部《あべ》さんのしたくはあっという間にすんだ。今着ている洋服の上に、雨具の上着とズボンを着るだけだ。はき物は長靴《ながぐつ》。はき口のところにひもがついていて、しぼれるようになっている。そして、持ち物は、かんじきとストックを四本、それにふろしきにくるんだ弁当《べんとう》だ。ストック二本は、トキ子おばさんにかしてあげるためだ。

みんなは、ふしぎの山の登り口を目ざした。バス通りをはなれ、民家《みんか》の間の道を進んでいくと、とつぜん、雪の壁《かべ》に行く手をふさがれた。

「こっから先は、自分の足で雪の上を歩けるもんしか行けないぞ」

と、阿部《あべ》さんはいった。家の建《た》っているところまでしか、除雪車《じょせつしゃ》は入らないのだった。

「かんじきはいて行こう」

ケンの言葉で、みんなもリュックにつけたかんじきを取って、はいた。

「よし、ちゃんとはき方教わってきたな」阿部《あべ》さんがいった。

ケンが真っ先に雪の壁《かべ》を登っていった。

「あっ、待ってよ」

哲平《てっぺい》はひもを結《むす》ぶのに、手間取っている。その間に、剛《ごう》が二番手で出発した。

「みんな、先に行かないでよ」

哲平《てっぺい》がじれている。とうとう、トキ子おばさんが哲平《てっぺい》のかんじきのひもを結《むす》んであげた。

たったの一メートルほど登っただけなのに、あたりの景色《けしき》が一変《いっぺん》した。

「わあ」「ふかふか」「ソフトクリームみたい」

ジュン、亜季子《あきこ》、若葉《わかば》が同時に声を上げた。

道だったと思われるところが、わずかにへこんでまっすぐに続《つづ》き、道の右側《がわ》にはなめらかな雪の原が、左側《がわ》は森がどこまでも続《つづ》いていた。

みんなは、トキ子おばさんと阿部《あべ》さんが最後《さいご》に登ってくるのを待って、人里はなれたふしぎの山に向かって、歩き始めた。

「ここ、まだだれも歩いてないみたいだね」剛《ごう》がいった。

「わしも今年の冬は初《はじ》めてだ。ニョロニョロがやってくると、人の足あとが山に向かうようになる」

「ここ、だれか歩いてるよ」哲平《てっぺい》が、森の中に続《つづ》く小さな足あとを指さした。

「それはウサギの足あとだ」

「うわー。ウサギ。いるかな」哲平《てっぺい》は道をはずれ、森の中をかけだした。

「ウサギはすばしっこいから、今ごろ追いかけても追いつかんよ」

「より道してると、置《お》いていくよ」

阿部《あべ》さんと亜季子《あきこ》にいわれ、哲平《てっぺい》はしぶしぶ道にもどった。

第9章

ニョロニョロのいるところ

登り口に着いたのは、十時すぎだった。

「すごい雪が深いね」

剛《ごう》が、カーブミラーを指さした。鏡《かがみ》の丸い部分が雪の上に出ているだけで、支柱《しちゅう》はほとんど雪にうまっている。

「こっから先は、元気のいいもんに、先頭に行ってもらおう」

「ぼくが行く」ケンが名乗りを上げた。

「わたしのストック使いなさい。わたしはどうせ最後《さいご》からみんなのあとついて行くだけだから」

ケンはトキ子おばさんからストックを受け取ると、山の斜面《しゃめん》を登り始めた。すぐに、簡単《かんたん》には進めないのがわかった。

雪が深いので、かんじきをつけた足を、思い切り持ち上げないと雪の上に出ない。足を雪から出すたびに、雪があたりに飛び散《ち》った。

しばらく登ったところで立ち止まり、一息いれていると剛《ごう》がいった。

「ケン兄、つかれたの？　ぼくがかわろうか」

そこからは、剛《ごう》が先頭に立った。ストックは、剛《ごう》には長いので使わず、思いきり太ももを持ち上げ、登っていった。

またしばらく行くと、今度は哲平《てっぺい》がいった。

「ぼくにも先頭行かせて」

哲平《てっぺい》でだいじょうぶかなと思ったが、剛《ごう》もだいぶ足がつかれていたので、交代した。

意外にも、哲平《てっぺい》は足を交互《こうご》に動かして、さくさくと登っていく。なぜそんなに楽々歩けるか、哲平《てっぺい》のすぐあとをケンが登っていったときに理由がわかった。

「哲平《てっぺい》のラッセルしたあと行くと、足がもぐっちゃうよ」

体重が軽い哲平《てっぺい》は、足が雪の中に深くもぐらずに歩けるのだ。あまりラッセルの役には立たないが、本人は楽に登れる。

しばらく得意そうに先頭で歩いていた哲平《てっぺい》が、とつぜん大声を上げた。

「うわー、なんだ、これ。動いてるぞ」

雪の上を歩く五ミリほどの小さな虫を見つけた。哲平《てっぺい》の興味《きょうみ》は虫にうつった。

剛《ごう》とケンも、虫のほうに近よっていった。阿部《あべ》さんが、後ろから女の子たちを追いぬいて、登ってきた。

「これはセッケイカワゲラっていう虫だ。この虫はな、山の上に向かって歩いていくんだ。いつもはもっと春近くに出てくるんだがなあ」

哲平《てっぺい》と剛《ごう》とケンは、ほかにもいないかさがそうと、道をはずれて歩きだした。

ジュンと亜季子《あきこ》と若葉《わかば》は、男の子たちを追い越《こ》した。じきに、なだらかな尾根《おね》になったので、三人は交代でラッセルをしていった。

初《はじ》めにジュンが、ふしぎの山の頂上《ちょうじょう》に立った。しばらくして、亜季子《あきこ》と若葉《わかば》が登り着いた。

「ああ、苦しい」

「ジュンちゃん、早いねえ」

若葉《わかば》も亜季子《あきこ》も、息を切らしている。

十一時すぎだった。雪は深く、山頂《さんちょう》のくいは、頭のてっぺんが少し見えるだけだ。

「あー、あれ阿部《あべ》さんの村だよね？」

亜季子《あきこ》がふもとのほうに目を向けた。山の裏側《うらがわ》から登ってきたので、それまで村の方角は見えなかったが、山頂《さんちょう》に立つと、四方八方が見わたせた。

やがて、ケン、剛《ごう》、哲平《てっぺい》、トキ子おばさん、阿部《あべ》さんが次々に山頂《さんちょう》に登り着いた。

「ほら、こんなにとったんだよ。食べる？」

剛《ごう》が、右手に持っている木の枝《えだ》についた実を見せた。

「何それ？」とジュンが聞いた。

「山ブドウの実だよ」

「おじいちゃんが食べてもいいって」

剛《ごう》と哲平《てっぺい》が答える。

ジュンと亜季子《あきこ》、若葉《わかば》も、剛《ごう》から枝《えだ》ごともらって、山ブドウの実を食べた。

「あっ、おいしい」「干《ほ》しブドウみたい」

「ほかにもね。ツルアジサイ見つけたんだよ」

剛《ごう》が、今度は左手に持っているものを見せた。

枯《か》れているけれど、アジサイに似《に》ている。

「この人たちといっしょだと、なかなか進まないのよね。よそ見が多くて」

と、トキ子おばさんは笑《わら》った。

「いいさ、いいさ。こうやっていろんなもん見つけながら行くのが楽しいんだ」

と、阿部《あべ》さんがいった。

みんなで保温水筒《ほおんすいとう》のお茶を飲み、剛《ごう》が持ってきたチョコクッキーを食べて、休けいをした。

そこから先は、阿部《あべ》さんが先頭に立った。

「今年ニョロニョロ見に行くのは、わしらが一番乗りかな」

下りなので、ぐんぐん進むようになった。

「ニョロニョロ、どんなところにいるの？」剛《ごう》が聞いた。

「大きな岩が目印《めじるし》だ。岩の下のところが洞《どう》くつになってる」

だいぶ下ったあと、阿部《あべ》さんは山の斜面《しゃめん》を真横に進んでいく。しばらく行くと、前方に雪がこんもりと盛《も》り上がっているのが見えた。阿部《あべ》さんは後ろをふり返って、ニヤッと笑《わら》った。

「あそこだ」

「うわー」「急げー」

みんなの足の動きが早まった。

それは、とても小さな洞《どう》くつだった。大きな岩の、一番下のところが空洞《くうどう》になっている。あなの手前を、積《つ》もった雪がふさいでいるので、ただ通りすぎただけでは、気づきそうもない。

阿部《あべ》さんは、入り口あたりに積《つ》もっている雪をのけて、洞《どう》くつの中がよく見えるようにした。

初《はじ》めに男の子たち三人が洞《どう》くつの前に行くと、中を見た。

「うわっ、かわいい。ニョロニョロだ」

「ほんとだ。まだ赤ちゃんだよ」

哲平《てっぺい》と剛《ごう》が、大声を上げた。

「いやあ、こんなの初《はじ》めて見た。おもしろい形」ケンも熱心《ねっしん》に中をのぞきこんだ。

「早くー」「かわってかわって」

ジュンと亜季子《あきこ》と若葉《わかば》が、じれたようにせかした。

すぐに、男の子たちは特等席《とくとうせき》から雪の中に追いやられた。女の子たち三人が、かわりに洞《どう》くつの前にしゃがんだ。トキ子おばさんが後ろに立つ。

「わあ、小さい」

「すき通ってる」

「すごいたくさんのニョロニョロ」

ジュンが、若葉《わかば》が、亜季子《あきこ》が、口々にいった。

いろいろな形のニョロニョロがいた。

「こけしみたい」

と若葉《わかば》が指さしたのは、上と下にふくらみがあって、真ん中がくびれているニョロニョロ。

「これメタボだよ」

と亜季子《あきこ》が笑《わら》ったのは、真ん中がふくれている。ひょろりと背《せ》が高いのもあれば、ころん

として、小さいのもある。

「お父さん、これをわたしたちにも見せたかったのね。神秘的《しんぴてき》だわ」

トキ子おばさんが、しみじみとした口調でいった。

「ねえ、かわってよ。ぼくたちそんなに長く見てないよ」

剛《ごう》が文句《もんく》をいったので、女の子たちは、ふたたび場所を空けた。

「ねえ、ねえ。おじさん。ニョロニョロ、もっと大きくなるんでしょ」ジュンが聞いた。

「これから二月にかけて、まだまだ大きく成長する」

「エー、ニョロニョロ、生きてるの？」哲平《てっぺい》がおどろいて聞いた。

「わっはっは」と、阿部《あべ》さんは笑《わら》った。

「これ、氷《こおり》でできてるんだよね？」

剛《ごう》の言葉に、

「なんだ、氷《こおり》か」と哲平《てっぺい》がガッカリしたような顔をする。

「どうやったら、ニョロニョロができるの？」

剛《ごう》が聞くと、阿部《あべ》さんは、

「これは氷《ひょう》じゅんといって、洞《どう》くつの天井《てんじょう》から、ポタポタと下にたれた水が、次々にこおってできるんだ」と教えてくれた。

「下に落ちないで、天井《てんじょう》から氷になってたれ下がったのは、氷柱《つらら》だよね？」ケンが聞いた。

「さすが、お兄ちゃんだ。よく知っている」阿部《あべ》さんはそういって、うなずいた。

「ねえ、もうニョロニョロ見たから、そりすべりしたいよ」

哲平《てっぺい》が立ち上がった。科学の話には興味《きょうみ》がないのだ。

「わたしはもうちょっとここにいて、スケッチしたいわ。だけど、その前に、もう十二時近いし、昼ごはんを食べましょうよ」トキ子おばさんがいった。

「少し先に、平らなところがあるから、そこで食べることにしよう」と阿部《あべ》さんがいった。


雪の上に、ケンが持ってきたレジャーシートを広げた。気分はピクニックだった。けれど、だれもみな、そうゆっくりと食べてはいられなかった。とにかく寒いのだ。動いていれば、それほどでもないが、すわっているとしんしんと冷《ひ》えてくる。

しばらくして、大急ぎで昼ごはんをすませた哲平《てっぺい》が、

「ぼく、すべってこよう」

と立ち上がった。そして、目の前の雪の斜面《しゃめん》にソリを置《お》くと、今にもすべりだそうとした。

それを見て、阿部《あべ》さんがいった。

「ここをすべっていったんじゃ、わしの村から遠くはなれたところに行ってしまうぞ。も

うちょっと山をぐるっと回りこんで、行きに登った山道に出てからおりにゃ」

「今来た道もどるんじゃないの？」ケンが聞いた。

「もどったら、またてっぺんまで登り返さなきゃならんだろう。このまま山を回りこんで行けば、おりるだけで、わしの村に着く」

ケンが先頭に立って歩きだした。哲平《てっぺい》と女の子たち三人も、そのあとについて行った。

残《のこ》ったのはトキ子おばさんと剛《ごう》と阿部《あべ》さんだけになった。

「剛《ごう》はそりすべりに行かないの？」トキ子おばさんが意外そうに聞いた。

「その前に、もう一度だけニョロニョロ見に行く」

剛《ごう》はふたたび、さっきの洞《どう》くつにもどった。トキ子おばさんも洞《どう》くつの前に行くと、レジャーシートをしいて、そこにスケッチブックをおいた。

「ぼくも、今度は絶対《ぜったい》、ノート持ってきて、ニョロニョロの絵を描《か》こう」

剛《ごう》はそういうと、みんなのあとを追いかけた。

スケッチを終えたトキ子おばさんが、阿部《あべ》さんといっしょに、雪についているラッセルのあとをたどっていくと、とつぜん足あとが下に向かっている。あれっと思って、下の斜《しゃ》面《めん》を見ると、六人の子どもたちが全員そろって、ずいぶん下の岩の近くにいた。

「洞《どう》くつがあったから、見におりてきたけど、ニョロニョロはいない。氷柱《つらら》があるだけ」

亜季子《あきこ》が答えた。

「何してるのー？」

「先にいってるわよ」トキ子おばさんはそういうと、まっすぐに進んでいった。

行きに登ったラッセルのあとにぶつかったところで、みんなを待つことにした。日当たりはいいし、ふもとの村も見下ろせる。スケッチするには、おあつらえ向きの場所だった。

だいぶたってから、ようやく六人がやってきた。

「急だったから、登るの大変《たいへん》だったよ」

「登っても登っても、ずるずるすべっちゃうんだ」

ケンと剛《ごう》がいった。

そのあと、みんなは急なところを見つけては、ソリですべり、なだらかなところは歩いて、阿部《あべ》さんの村を目ざしておりていった。

村まで下ったあと、温泉《おんせん》に入りにいき、四時二十分の最終《さいしゅう》バスで山荘《さんそう》に帰った。

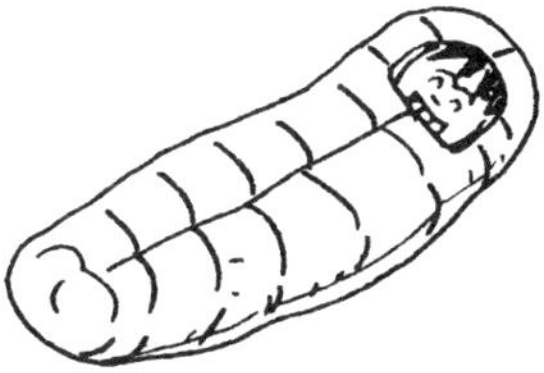

第10章

かくれ家《が》

その夜のことだ。翌日《よくじつ》は何も予定がないので、剛《ごう》と哲平《てっぺい》とケンは、屋根裏《やねうら》にテントをはって、寝《ね》てもいいことになった。

屋根裏《やねうら》は十畳《じょう》くらいの広さがあるが、中途半端《ちゅうとはんぱ》な場所に下の階《かい》から出入りするためのあながあいていて、あなをふさぐ板戸を開けて床《ゆか》に置《お》くスペースもいる。それをよけて四人用のテントを広げると、ギリギリの広さだった。

夕飯前に、寝《ね》るしたくを整えた。テントの中に、きのうまでと同じように、毛布二枚《まい》と毛足の長いしきものを重ねてしいた上に、寝《ね》ぶくろを三人ぶんならべて広げた。あとは、その上に毛布をかければいい。

それがすむと、剛《ごう》は下におりていって、聞いた。

「夕飯を三人でテントで食べちゃダメ？　本物のキャンプみたいに」

それに対する、トキ子おばさんの答えは、

「上に運べないのに、どうやって食べるつもりなの？」だった。

一階《かい》から二階《かい》へ上がる階段《かいだん》も、はしごのように急だが、屋根裏《やねうら》に行くのは、段《だん》と段《だん》の間がもっと広く空いている。背《せ》の低い哲平《てっぺい》や剛《ごう》は、両手ではしごのさんを持たないと、登りおりするのもむずかしい。食事を運ぶなんて、とても無理《むり》だ。

結局《けっきょく》、三人もみんなといっしょに、一階《かい》のほりごたつで食べることにした。


夕飯がすむと、三人は大急ぎで屋根裏《やねうら》に上がった。そのとき問題になったのは、屋根裏《やねうら》部屋に入る板戸を開けっぱなしにしておくか、しめておくかだった。

出入り口の周《まわ》りには、さくや手すりはなく、ただあながあいているだけだ。板戸を開けておいて、夜中寝《ね》ぼけてうっかりそこに足を置《お》いたら、二階《かい》まですとんと落ちてしまう。けれど、板戸は、下から押《お》せばらくらく開けられたが、上から引っぱって開けるのは、力がいる。


「あしたは、ひもをつけて、引っぱって開けられるようにしよう」

とケンが提案《ていあん》した。その夜は、哲平《てっぺい》も剛《ごう》も、夜中に起きて下に行きたいときには、ケンを起こして板戸を開けてもらうことにした。


三人はテントの入り口をしめ、寝《ね》ぶくろにもぐりこんだ。

「全然《ぜんぜん》寒くないね」と剛《ごう》がいった。

「寒くなるのは、明け方だよ」

ケンはそういいながら、たった今このテントが雪の中に立っていると想像《そうぞう》してみた。外はピューピューと吹雪《ふぶ》いている。ユウ兄たちは、今ごろ本当にそういうところに泊《と》まっているのだ。

「雪の中に家があるといいんだけどなあ」哲平《てっぺい》がいった。

「雪の中にあるじゃないか。この山荘《さんそう》」剛《ごう》がいった。

「そうじゃなくて、雪の中に雪の家があるといいよ。本物の秘密基地《ひみつきち》」

「イグルーみたいのか?」ケンが聞いた。

「イグルーって何?」と、哲平《てっぺい》が聞き返した。

「雪のブロックを積《つ》み上げていって作る雪の家だよ」

「そう、そう、それ」哲平《てっぺい》がいった。

「じゃあ、あした作ろうか。作り方調べてきたんだ」

「ようし。やってやる」

「作ったら、そこでユウ兄と勇《いさむ》兄を待ちぶせして、おどろかせてやろうぜ」

と剛《ごう》がいったときだった。下から女の子たちの声が聞こえてきた。一階《かい》の物音は屋根裏《やねうら》にはとどかないので、二階《かい》にいるらしい。

しばらくして、板戸が開けられ、ガタッと床《ゆか》にぶつかる音がした。

「こんばんは」

トキ子おばさんがいうのと同時に、テントの入り口のファスナーが開いた。おばさんと女の子たちが顔をのぞかせた。

「あら、すてきなかくれ家《が》じゃないの」

「ぼくたち、今雪の山の中にテントはって泊《と》まってるんだからね。人は簡単《かんたん》に来られないんだよ」剛《ごう》がいった。

「ぼくらのかくれ家《が》なんだから、お姉ちゃんたち、来ないでよ」哲平《てっぺい》も文句《もんく》をいった。

「ふん。じゃあ、いいよ」

「せっかく持ってきてあげたのにね」

若葉《わかば》と亜季子《あきこ》がいった。

「何を？」と剛《ごう》が聞く。

「寒いところで寝《ね》るのに必要《ひつよう》なもの」

ジュンが答えた。

「いらないいなら、行こう行こう。お休み」

亜季子《あきこ》がいった。

「あー、湯たんぽだ」

哲平《てっぺい》がようやく気がついた。

「うっかりしてたなあ」とケンがいった。

「ごめんなさい。来ないでなんて、もういいません」

哲平《てっぺい》の調子のよさに、トキ子おばさんも女の子たち三人も笑《わら》ってしまった。

ケンと剛《ごう》と哲平《てっぺい》は、バスタオルにくるんだ湯たんぽがわりのペットボトルを受け取ると、寝《ね》ぶくろの奥《おく》に入れた。寝《ね》ぶくろの中は暖《あたた》かくなり、雪山の気分はだいぶうすらいでしまったが、寝心地《ねごこち》は上々だった。


翌朝《よくあさ》、男の子たち三人が、ペットボトルを持って下におりていくと、一階《かい》ではすでに一日が始まっていた。ストーブはがんがんにたかれ、上には大ナベがのせてあった。ナベからは湯気が上がっている。

けれど、女の子たちが見ていたのは、ナベではなかった。ストーブの横のさくにのせてある大きなボールだった。

ストーブの周《まわ》りには、三方に針金《はりがね》でできたさくがはりめぐらされている。これは、土間でよそ見をして歩いていても、ストーブにぶつからないよう、安全のために置《お》かれている。それ以外《いがい》に、手ぶくろや帽子《ぼうし》をかけて、ストーブの熱《ねつ》でかわかすときにも、大いに役立っている。

さらに便利《べんり》なのが、さくの上部にある、同じく針金《はりがね》を編《あ》んでできた約《やく》三十センチ幅《はば》の棚《たな》だ。あまり重いとのせられないが、ちょっとしたものを置《お》いておくことができる。

今さくの上には、白くて丸いものが入ったボールがのっていた。

「お母さん、ずいぶんふくらんできたよ」亜季子《あきこ》がいった。

「何それ?」と剛《ごう》が聞いた。

「パンの種《たね》。これで昼にパンを焼《や》くの。今発酵《はっこう》させてる最中《さいちゅう》なんだよ」

「初《はじ》めてなので、うまく焼《や》けるかどうかわからないわよ。それより、ストーブの上で、お雑煮《ぞうに》に入れるおもちを焼《や》いてちょうだい。朝ごはんにするから」

トキ子おばさんは、ふくろに入ったおもちと、焼《や》き網《あみ》を持ってきた。

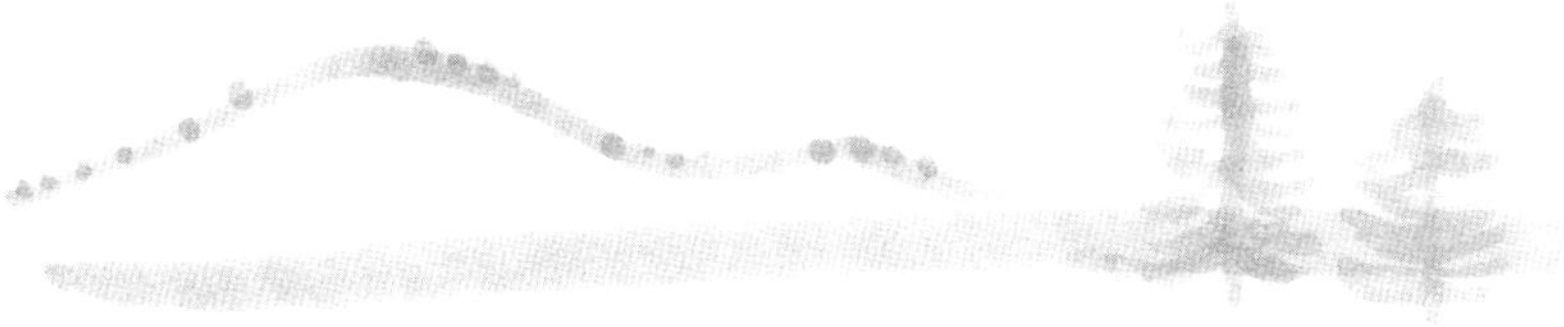

第11章

イグルー作り

その日は、朝からくもり空が広がっていた。朝ごはんがすむと、ケン、哲平《てっぺい》、剛《ごう》は防寒着《ぼうかんぎ》を着こみ、スコップ二本とかんじきを持って、外に飛び出していった。

「どこに行くの？」若葉《わかば》が聞くと、

「雪の中に雪の家作るんだ」剛《ごう》は、ふり向きもせずに答えた。

「イグルー、イグルー」哲平《てっぺい》が歌うようにいいながら、あとを追った。

「わたしたちもあとから行く。パンを作ってからね」亜季子《あきこ》がいうと、

「うん。いいよ。手伝《てつだ》わしてやる。だけど、イグルーはぼくらの秘密《ひみつ》基地《きち》だからね」

剛《ごう》はそういって、ドアをがたんとしめた。

「生意気。生意気。手伝《てつだ》わしてやるだって」亜季子《あきこ》が文句《もんく》をいった。

「剛《ごう》も哲平《てっぺい》も、すっかりケン君の子分みたいになっちゃったわね」

トキ子おばさんは笑《わら》いながら、パン種《だね》の入ったボールをテーブルに運んだ。そして、テーブルクロスの上に、中身をのせると、てのひらで軽く押《お》した。ガスをぬくのだ。

そのあと、トキ子おばさんはパン種《だね》を八等分にすると、女の子たち

三人に、丸め方を教えた。生地の表面がなめらかになるようにするのがコツだという。

丸まった八つのパン種《だね》の上に、ぬれたふきんをかぶせて、しばらく置《お》いておいた。

「お母さん、どうしてパンうまく焼《や》けないかもしれないの？」亜季子《あきこ》が聞いた。

「山荘《さんそう》にオーブンがないからよ」

「ああ、そうかあ」

「じゃあ、どうやってパン焼《や》くの？」ジュンが聞いた。

「ここに来る前に調べたんだけど、パン種《だね》を入れたダッチオーブンをストーブの中に入れれば、焼《や》けるらしいの。ダッチオーブンをのせる鉄の台もちゃんとあるしね」

「ストーブの中に、ナベを入れるの？」若葉《わかば》が、おどろいた顔をする。

「そう。ストーブの中に入れるんだから、火の加減《かげん》をうまくしないとこげそうでしょ」

「エー、こげたら、昼ごはんなくなるの？」ジュンがなさけない顔をする。

「失敗《しっぱい》したら、朝のお雑煮《ぞうに》がまだたくさんあまってるから、小麦粉《こむぎこ》ですいとんでも作って入れればいいよ」と亜季子《あきこ》がいった。

女の子たち三人は、トキ子おばさんといっしょに、パン種《だね》を麺棒《めんぼう》でのばし、干《ほ》しブドウやクルミを入れたり、ソーセージを中にいれて巻《ま》いた上にチーズをのせたりして、いろいろな種類《しゅるい》のパンを作った。あとは、昼ごはん前に、ストーブの中に入れて焼《や》けばいい。

手の空いた三人が防寒着《ぼうかんぎ》を着こんで外に出ると、ケンと剛《ごう》と哲平《てっぺい》は、家からだいぶはなれたところで、熱心《ねっしん》に動き回っていた。今は雪で見えなくなった登山道、夏道《なつみち》のあたりだ。

近づいてみると、雪が四メートル四方くらいふみ固《かた》めてあって、その真ん中に直径《ちょっけい》一・五メートルほどの大きさで丸く雪がほってあった。

「なぜ、わざわざこんなに山荘《さんそう》からはなれたところに作るの？」ジュンが聞いた。

「あまり家の近くじゃ、雪山の感《かん》じが出ないからさ」

ケンは円の中にいて、雪を四角くほり出しては、円にそった外側《がわ》にならべているところだった。かんじきはぬいで、そばに置《お》いてある。

「へえ、イグルーってこうやって作るんだ」亜季子《あきこ》がいった。

「来る前に、本で調べてきたんだ。同じ形のブロックが作れるといいんだけど、なかなかうまくいかなくって」ケンが手を止めて、いった。

そのとき、少しはなれたところから、哲平《てっぺい》が両手で雪のブロックを持ってきた。そして、円の周《まわ》りの、ケンが置《お》いたブロックの横にならべておくと、すぐにまた引き返していった。

哲平《てっぺい》のブロックは小さく、となりのブロックとの間に段差《だんさ》ができた。

「アッコたちも、雪のブロックほるの手伝《てつだ》ってよ」剛《ごう》がたのんだ。

「手伝《てつだ》わしてくれなくてもいいよ。見物してるの楽しいから」

亜季子《あきこ》が答えた。さっき、剛《ごう》が手伝《てつだ》わしてやるといったことを、わすれていなかった。

「じゃあ、いいよ。出来上がっても入れてあげないからね」剛《ごう》は、ムッとしていった。

「今のは冗談《じょうだん》よ。手伝《てつだ》ってあげる」亜季子《あきこ》がそういって、笑《わら》った。

「何すればいい？」ジュンが聞いた。

「先に道具を取っておいでよ。スコップ二つじゃ足りないから。雪を運ぶのに、ソリとスノーダンプがいる。あとブロックを切る道具か……」

ケンは少し考えてそういったが、すぐにいい直した。

「いや、道具はぼくが取ってくる。スノーソーがあるかさがしたいから。ここ代わって」

ジュンは、ケンからスコップを受け取ると、円の中に入った。そして、中の雪を四角く切り取ると、円のふちにならべて置《お》いた。

亜季子《あきこ》と若葉《わかば》は、剛《ごう》と哲平《てっぺい》のところまで行って、

「かわろうか？」といった。が、剛《ごう》は今はいい、とことわった。

「それより、雪を固《かた》めてよ。固《かた》くないと、ほり出してもくずれちゃうんだ」

剛《ごう》は、このくもり空でも暑いらしく、上着の前のファスナーを開けている。

ケンが山荘《さんそう》からもどってきた。スノーダンプに、スノーソーという雪を切るのこぎり、それと金物でできたチリトリを持っている。

「チリトリでもブロック切れるんじゃないかな」

ふたたび、ケンが円の中に入った。ジュンはみんなのところに行って、手伝《てつだ》った。亜季子《あきこ》がスノーソー、ジュンはチリトリで雪のブロックを切ってゆく。若葉《わかば》と哲平《てっぺい》は、ブロックをソリとスノーダンプにのせて運んでは、積《つ》み上げていく。人数も道具も増《ふ》えたので、効率《こうりつ》はぐんと上がった。

多少の大小はあったが、雪のブロックは着々と積《つ》み重ねられ、イグルーの壁《かべ》が高くなっていった。とちゅうから、若葉《わかば》も円の中に入って、チリトリを使って雪でブロックとブロックの間のすきまをうめる仕事をした。壁《かべ》の高さは、すでに中にいる二人の腰《こし》のあたりまである。

ジュンが、若葉《わかば》にかわって、ブロックを運んできた。

「二人とも、出られなくなっちゃったね」

ブロックは、ぐるっと丸く積《つ》まれている。

「ここからは一気に作らないとな。完成《かんせい》するまで外に出られないから」

入り口は、イグルーができあがったあと、スノーソーで切り取って開けるという。

ブロックの壁《かべ》が、ケンの胸《むね》あたりまでくると、そこからはブロックを内側《がわ》にかたむけるようにしながら積《つ》んでいった。若葉《わかば》がブロックを押《お》さえ、ケンが次のブロックを雪でくっつけていく。

しだいに、ドーム型《がた》のイグルーは完成《かんせい》に近づいていった。

「そろそろパンを焼《や》くけど、手伝《てつだ》いたい人いない？」

トキ子おばさんが山荘《さんそう》の前に出てきて、大声でさけんだ。

若葉《わかば》がイグルーの天井《てんじょう》のあなから顔を出した。

「おばさん、パン焼《や》き手伝《てつだ》いたいけど、今はちょっと無理《むり》」

「昼ごはんまでに完成《かんせい》させたいから、手伝《てつだ》いはパスさせて」亜季子《あきこ》もいった。

イグルーの天井《てんじょう》のあなは、だいぶ小さくなっていた。ケンは少し前から、天井《てんじょう》のあなは、最後《さいご》にはどうふさごうかと考えていた。やはり、大きいブロックをのせるしかないだろう。てっぺんに雪のブロックをのせるのは、背《せ》の高い人がいい。

「ジュン、アッコにここに来てもらってよ。最後《さいご》のあなふさいでもらいたいんだ」

さらに、ケンはあなをふさぐ前にスノーソーがほしいといった。

亜季子《あきこ》は、今まで使っていたスノーソーを持ってやってくると、天井《てんじょう》のあなから顔を出しているケンに、手わたした。そのついでに、どのくらいの大きさのブロックが必要《ひつよう》か、様子を見た。

小さすぎたら、あなからブロックがイグルーの中に落ちてしまう。かといって、大きいと、重くなって、のせるのが大変《たいへん》だ。

亜季子《あきこ》は、スコップであなより少し大きめのブロックをほり出した。

そのブロックをジュンと二人で持つと、イグルーの天井《てんじょう》にのせた。

「ぼくが持ってるから、若葉《わかば》、周《まわ》りを雪で固《かた》めてくれよ」

イグルーの中から、ケンのくぐもった声が聞こえてきた。

しばらくして、ケンがいった。

「手をはなすぞ」

何の変化も起きなかった。天井《てんじょう》はふさがったのだ。

二人はイグルーの中に閉じこめられた。

第12章

それぞれの楽しみ

「パン焼《や》けたわよー。昼ごはんにしましょう」

トキ子おばさんの声が聞こえてきた。と同時にザザッと音がして、イグルーの入り口になるブロックが外にくずれた。スノーソーで中から切ったのだ。

若葉《わかば》とケンが、次々にイグルーの中からはい出してきた。

「まだちょっと入り口が小さいんだ。午後《ごご》もっと大きくするよ」

年上の四人が山荘《さんそう》に向かって歩きだすのを見て、剛《ごう》がいった。

「エー、行っちゃうの。ぼくもイグルーの中に入ってみたいよ」

「ぼくだって」と哲平《てっぺい》もいう。

「昼ごはんのあとにしたら」と亜季子《あきこ》はいったが、

「あんなにがんばって作ったのに、まだ一度も入ってないんだよ」

剛《ごう》も哲平《てっぺい》もイグルーの前から動こうとしない。

「じゃあ、好《す》きにしなさい」

亜季子《あきこ》にいわれ、二人は、大急ぎでイグルーの中にもぐりこんだ。

哲平《てっぺい》は中に入ると、雪の壁《かべ》を素手《すで》でさわった。

「冷《つめ》たい。本当に雪の家だ」

「せまいな。もっと広いと思ってた」

剛《ごう》は中でかがまないと、頭のてっぺんが天井《てんじょう》についてしまう。

「あとで、しきもの持ってきて、ここでお菓子《かし》を食べようぜ」

「いいね、いいね。ケン兄も入れてやろう」哲平《てっぺい》がうなずく。

真ん中に食べ物を置《お》いたら、とても六人は入りきれそうもない。三人なら、なんとかすわれる広さだった。

「よし。急いで昼ごはん食べちゃおうぜ」剛《ごう》がいって、二人はまたイグルーからはい出た。


剛《ごう》と哲平《てっぺい》が山荘《さんそう》に行くと、中はパンが焼《や》ける香《こう》ばしいにおいがただよっていた。和室のほりごたつには、先に帰った四人とトキ子おばさんがすわって、すでに食事を始めていた。

ほりごたつの天板の上には、ボールがのせてあり、中にはパンがたくさん入っている。

それを見るなり、

「あっ、うまそう」と剛《ごう》がいった。

「お母さん、ダッチオーブンでパン焼《や》くの、成功《せいこう》したんだよ」亜季子《あきこ》が教えてくれる。

「すわる前に、上着とズボンぬいでらっしゃい」

トキ子おばさんにいわれ、

「エー、めんどうくさいよ。またすぐ外に行くんだよ」

哲平《てっぺい》が顔をしかめた。一階《かい》のロープには、年上の四人がぬいだ上着とズボンがかけてあった。

「そのかっこうじゃ、部屋がぬれるから、入れてあげられないわね」

剛《ごう》は少し考えてから、いった。

「それじゃ、ぼくたち、土間のテーブルで食べる。それなら、ぬがないで食べていい？」

「しょうがないわね」トキ子おばさんから許可《きょか》がおりた。

「ヤッター」と二人はいいながら、お雑煮《ぞうに》の食器《しょっき》とパンを何個《こ》かお皿に入れて、テーブルまで持っていった。


ぬぐのに時間をとられなかったおかげで、剛《ごう》と哲平《てっぺい》も、ケンとほぼ同時に昼ごはんを食べ終わった。

ケンが土間におりて行くと、

「ぼくたちももう行けるよ」

「早くイグルー、完成《かんせい》させよう」

哲平《てっぺい》と剛《ごう》が、次々にいった。

「うん、よし行こう」

ケンはそういうと、大急ぎで上着とズボンを着こんだ。

イグルーのところに行くと、剛《ごう》と哲平《てっぺい》がスノーソーで、入り口を広げる仕事をした。二人とも中に入り、交代で切った。

その間にケンは、ブロックを切り出し、イグルーの入り口のまわりの壁《かべ》にくっつけた。

そしてついに、入り口のあるイグルーが完成《かんせい》した。三人は中に入った。小さいけれど、雪でできた家だ。

「夜ここで寝《ね》ちゃダメかな」と剛《ごう》が聞いた。

「この広さで横になるなら、二人がせいぜいだな。剛《ごう》と哲平《てっぺい》で寝《ね》てみるか?」

ケンが、笑《わら》いながらいった。

すかさず、

「ケン兄は?」と哲平《てっぺい》が聞いた。

「三人は無理《むり》だよ。それに、ぼくが寝《ね》たんじゃ、足がはみだしちゃうよ」

剛《ごう》と哲平《てっぺい》は、どうしようかというように、顔を見合わせた。そのときだった。

「あら、りっぱな家ができたじゃない」

トキ子おばさんが、入り口から中をのぞいた。

「これ、イグルーっていうんだよ」剛《ごう》がいった。

「あっ、そうだったわね。そのイグルーで、おやつ食べるかしら？」

「うん。食べる。きょうは何？」

「ヨーグルトケーキと紅茶《こうちゃ》よ。でも、自分たちで運んでね。わたしだと雪の中でころぶかもしれないから」

「うん。じゃあ、ぼく取りに行ってくる」

ケンはイグルーから出た。

「ちょっと入らせて。中を見てみたいわ」

トキ子おばさんは、ケンがいた場所にすわった。

「三人くらいがちょうどいいわね」

「ぼくたちの秘密基地《ひみつきち》なんだ」と哲平《てっぺい》がいった。

「女の子たちは？」

「入れてやらない。いっぱいになっちゃうから」

剛《ごう》が首をふる。

「ここ作るの、お姉ちゃんたちも手伝《てつだ》ったんでしょ。ヨーグルトケーキだって、アッコとジュンちゃんと若葉《わかば》ちゃんで作ってくれたのよ。そんな意地悪いうと、ケーキくれないわよ」

「あっ、やだ。じゃあ、入れてやることにする」

あわてて、哲平《てっぺい》がいった。


しかし、そういってもらったものの、ジュンも亜季子《あきこ》も若葉《わかば》も、外で遊ぶより、山荘《さんそう》の中でお菓子《かし》を作るほうが楽しくなってしまった。

午前中は、ダッチオーブンでパンが焼《や》けることがわかったので、午後はヨーグルトケーキに挑戦《ちょうせん》してみた。

ホットケーキミックス、ヨーグルト、クルミ、干《ほ》しブドウ、とかしバターをまぜて、生地を作り、ストーブの中に入れると、おいしく焼《や》き上がった。

三人は夕飯までの時間、トキ子おばさんのお菓子《かし》の本をながめては、持ってきた材料《ざいりょう》で何ができるか相談した。スイートポテト、パウンドケーキ、リンゴ入りヨーグルトケーキ、クッキー。いろんなお菓子《かし》が作れそうだった。

けれど、トキ子おばさんが、

「夕飯のきりたんぽナベのしたくにストーブを使うから、まきを入れて火をもっと強くしなくちゃならないわ」といったので、その日作るのはあきらめた。

焼《や》き菓子《がし》を作るときは、ストーブの中にダッチオーブンごと入れて焼《や》くので、おき火じゃないとこげてしまう。ほのおが上がっているときには、うまくお菓子《かし》は焼《や》けない。

それで、三人は、火を使わなくてもできるオレンジゼリーを作ることにした。カンヅメのオレンジの実と、その汁《しる》とオレンジジュースを温めて、とかしたゼラチンをまぜて、外で冷《ひ》やせばできあがる。

ケンはイグルーの中でおやつを食べ終わったあとは、トキ子おばさんからたのまれた、水くみに精《せい》を出した。

哲平《てっぺい》と剛《ごう》だけ、しばらくイグルーで遊んでいたが、もどってくると、ケンを手伝《てつだ》っていっしょに水くみをした。せっかくのイグルーも、二人きりではつまらなくなったのだ。

第13章

ふり続《つづ》く雪

前の日の夜にふりだした雪は、朝起きると吹雪《ふぶき》になっていた。

「ユウ兄たち、いつ山からおりてくるかなあ」

「きょうはイグルーで待ちぶせするんだよね」

剛《ごう》も哲平《てっぺい》もユウジたちが帰ってくるのを楽しみにしていた。そして、

「ユウ兄たちが帰ったきたら、二階《かい》でユウ兄たちといっしょに寝《ね》ようよ」

と哲平《てっぺい》がいうと、剛《ごう》もすぐに賛成《さんせい》した。屋根裏《やねうら》で目を覚《さ》ますのも、今朝で最後《さいご》になるかもしれなかった。

二人の会話を聞きながら、ケンはこの大雪の中、ユウ兄たちはきょう、山からおりてこられるだろうか、と考えていた。深い雪で、身動《みうご》きがとれなくなっているかもしれない。それになだれが起きることだってある。

もしきょうおりてこなかったら、どうするか。あしたは、九時のバスで、もう一度ニョロニョロを見に行くことになっている。父さんが来るのは、昼ごろだ。でも、一日にたった三本しかバスが走っていないので、父さんより前に阿部《あべ》さんの家に着いているためには、朝一番

のバスで行ってないとならない。

みんなはそのあと、父さんが来るまで、阿部《あべ》さんの家にいさせてもらう。阿部《あべ》さんは、午後にはおばさんといっしょに、街《まち》に住《す》む娘《むすめ》さんの家に行って、そこでお正月をむかえるそうだ。

つまり、ふしぎの山は、阿部《あべ》さんの案内《あんない》なしで登らなくてはならない。トキ子おばさんは道がわかるか心配したが、ケンも女の子たち三人も、行けると確信《かくしん》していた。ただし、周《まわ》りの景色《けしき》が見えるくらい晴天なら。

父さんもみんなも、あさってのおおみそかには、東京に帰る予定だ。その日は、荷物の整理をしたり、あしたの夜来る、明《あきら》おじさんの車に荷物を詰《つ》めこんだりで終わってしまうだろう。つまり、あしたが、ニョロニョロを見に行く最後《さいご》のチャンスだった。

できれば、おじいちゃんがみんなに見せたいといったニョロニョロを、ユウ兄たちもいっしょに見に行けるといい。でも、きょう下ってこないとすると、無理《むり》かもしれない。

ケンと剛《ごう》と哲平《てっぺい》の三人がおりていくと、一階《かい》には、とてもいいにおいがただよっていた。

「おはよう。もうここにいるのもあしたの夜が最後《さいご》だから、持ってきた食べ物をせっせとかたづけなくちゃならないわ」トキ子おばさんがいった。

「どこにかたづけるの？」と剛《ごう》が聞いた。

「みんなのおなかの中」と、亜季子《あきこ》が笑《わら》って答えた。

今あたりにたちこめているのは、紅玉《こうぎょく》リンゴを煮《に》ているにおいだった。

「ユウ兄たちにアップルパイを焼《や》いてあげるんだよ。持ってきたパイシート使って」

ジュンがいった。

「ほかにも、サツマイモをゆでて、スイートポテトも作ってあげるの」

若葉《わかば》もいった。みんなユウジと勇《いさむ》が山からおりてくるのを楽しみにしていた。

朝ごはんのメニューは、きのうの夕飯、ミネストローネのスープで作ったパスタだった。

食事が終わるとすぐに、哲平《てっぺい》はドアを開けて外を見た。

「真っ白で何も見えないよ。お兄ちゃんたち、ここまでの道わかるかな？」

「さあ、どうかしら？　それよりこんな吹雪《ふぶき》じゃ帰ってこられないんじゃないの」

トキ子おばさんがいった。

「みんなでイグルーにいって、待ってようよ」と哲平《てっぺい》がさそったが、

「まだお菓子《かし》作りがとちゅうだから、続《つづ》きをやらなきゃ」

亜季子《あきこ》の言葉に、ジュンと若葉《わかば》もうなずいた。

「ケン兄は行く？」と哲平《てっぺい》が聞いた。

「いや。ぼくは水くみの坂が、また雪でうまっちゃったと思うから、道をつけに行くよ」

「ケン兄も行かないのか」哲平《てっぺい》はガッカリした。

こんな吹雪《ふぶき》の日には、みんな外に行くのを急がない。ケンは、スイートポテト用のサツマイモを、若葉《わかば》とジュンがかわるがわるつぶすのを見ていたし、剛《ごう》もテーブルの周《まわ》りをうろついて、煮上《に》がったリンゴの味見をさせてもらっていた。

ただ一人、哲平《てっぺい》だけは、めずらしくさっさと上着とズボンを着こんで、外に行くしたくを整えた。そして、さあ行こうというときに、剛《ごう》がまだ何も着ていないのを見て、ムッとした顔をした。

「何してるの。行きたくないなら、一人で行くよ」

剛《ごう》は一瞬迷《いっしゅんまよ》ったような顔をしたが、すぐにいった。

「いや。行くよ」

剛《ごう》がしたくを始めたので、ケンもそれを機《き》に、いっしょに外に行くことにした。吹雪《ふぶき》でもなんでも、いつでも水はくめるようにしておかなくてはならない。

剛《ごう》と哲平《てっぺい》が山荘《さんそう》の表のドアから外に出ていったのと、ケンが裏《うら》から出ていったのは、ほとんど同時だった。

ケンが全身雪まみれになって、山荘《さんそう》にもどったのは、三十分くらいあとだった。

「きょうはすごく寒いよ」

いつもは、ちょっと雪かきをすれば、体はぽかぽかと暖《あたた》まった。けれど、きょうは一生懸命《いっしょうけんめい》に動いても、ほとんど暖《あたた》まらない。

「あれ、剛《ごう》と哲平《てっぺい》は?」

ケンが聞いた。ずっと雪かきを続《つづ》けていても、寒かったのに、二人はイグルーの中で、ただじっとしているだけだ。こごえきって、とっくに山荘《さんそう》にもどっていると思っていた。

「さっき出ていったきり。まだ外にいるよ」亜季子《あきこ》が答えた。

「じゃあ、ちょっと様子を見てくる」

ケンが土間を通って、表のドアのほうに行きかけたときだ。ジュンが聞いた。

「スイートポテト焼《や》き上がったよ。食べてから行く?」

けれど、ケンは、

「あとで剛《ごう》たちといっしょに食べるよ」とことわった。暖《あたた》かい場所でゆっくりしていると、もう一度外へ出て行く気が失《う》せそうだった。

表のドアを開けると、正面から雪がふきつけてきた。

「うわー、すごい風。中が冷《ひ》えちゃうから、早くしめて」

亜季子《あきこ》にいわれ、ケンはあわててドアをしめた。

こんな吹雪《ふぶき》じゃ、ユウ兄たちも帰れるはずがない。きょうは停滞《ていたい》してテントの中でじっとしているんだろう。外で待っていたってむだなのに、剛《ごう》も哲平《てっぺい》もいつまでも何やってるんだ。

きのう作ったイグルーも、横なぐりにふきつける雪で、山荘《さんそう》からはまったく見えない。雪が目の玉にぶつかってくるので、いたくて開けてられないほどだ。ケンは、手で目をおおうようにしながら、歩いていった。すぐ近くだからと、かんじきをはいてこなかったので、ズボズボと足が雪にもぐった。

イグルーに向かって歩いていたつもりが、バス停《てい》に向かう道にあるシラビソの木の真ん前に出てしまった。いつの間にか、方向をまちがえたのだ。

それに気づくと、ケンは少しあわてた。そして、イグルーのほうに向かって歩きながら、

「おーい。剛《ごう》ー、哲平《てっぺい》ー」と、大声でさけんだ。

返事はなかった。きのう、イグルーの中にいると、やけに静《しず》かだったが、外の音が聞こえないいんだろうか。

けれど、聞こえないのではなかった。二人ともイグルーの中にいなかったのだ。ケンは、イグルーの入り口から中をのぞいて、おどろいた。まさか二人がこの中にいないなんて、

考えてもいなかった。

一体この吹雪《ふぶき》の中、剛《ごう》と哲平《てっぺい》はどこにいるんだ？　もしかして、ぼくと入れちがいで山《さん》荘《そう》に帰ったんだろうか。でも、それだと、どこかですれちがうはずだ。いくら数メートル先が見えないくらいの吹雪《ふぶき》だって、すれちがえばわかる。

それからケンは、イグルーの周《まわ》りをぐるっと歩いてみた。そこで、山荘《さんそう》とはちがうほうに向かっていく足あとらしいくぼみを見つけた。夏なら道になっているはずのところを、黒岳《くろだけ》の登山口方向に向かっている。

そこで初《はじ》めて気がついた。二人はユウ兄たちをむかえにいったのだ。

「剛《ごう》ー。哲平《てっぺい》ー」

ケンは大声で、二人の名前をよんだ。それからくぼみのあとをたどっていった。かんじきをはいていないので、雪にもぐって歩きにくい。

十メートルほど進んだところで、くぼみが二方向に分かれた。そこで、ケンは立ち止まると、また大声で二人の名前をよんだ。

ふたたびまっすぐに行くほうをたどってみたが、とちゅうからふらふらとして方向が定まらなくなった。ケンは、また元の場所までもどった。

そこで、何度か二人の名前をよび続《つづ》けていると、雪のヴェールの向こうに、うっすらと影《かげ》が見えた。

先に剛《ごう》が、すぐあとから哲平《てっぺい》が、ケンのほうに向かって大急ぎで歩いてきた。

「ああ、よかった。まいごになるかと思った」

剛《ごう》はホッとした顔で、いった。

「何やってたんだよ？」ケンがおこって聞いた。

「寒いから帰ろうとしたら、哲平《てっぺい》がユウ兄たちをむかえに行くって、勝手に山のほうに行っちゃったんだよ」剛《ごう》が、口をとがらせていった。

「だって、お兄ちゃんたちが帰ってくるかと思って」哲平《てっぺい》がいいわけする。

「そしたら、真っ白で何も見えなくなっちゃったんだ。それで帰ろうとしたら、哲平《てっぺい》がでたらめのほうに行ったから、イグルーが見つからなくなっちゃってさ」

剛《ごう》はなおも文句《もんく》をいう。

「だけど、ほらケン兄に会えたじゃないか」

哲平《てっぺい》が、うれしそうにケンの腕《うで》につかまった。

「吹雪《ふぶき》のときには、二人だけで外うろついてちゃだめだよ。それに、こんな日にユウ兄たち帰ってくるはずないだろう」

ケンがいうと、

「うん」「わかった」

と、剛《ごう》も哲平《てっぺい》もうなずいた。

「ぼくと会わなかったら、どうするつもりだったんだ?」

「来たところをもどろうと思った。でも、足あとがいっぱいついて、わからなくなっちゃったんだ」と剛《ごう》が答えた。

「見つかったからよかったけど、こんな日はぼくもいっしょに行くから。二人だったら、せいぜいイグルーまでくらいにしろよ。それに二人のときは、哲平《てっぺい》は剛《ごう》のいうことをきかなきゃダメだぞ」

「はーい」と哲平《てっぺい》はうなずいた。


その日は、剛《ごう》も哲平《てっぺい》もあとはずっと山荘《さんそう》の中ですごした。

午後になって、ケンが水くみに行くと声をかけたが、二人は、やることがあるから行かないとことわった。

二人が何をしていたかというと、トキ子おばさんから、使わない布の端切《はぎ》れをもらって、細く切っていたのだ。

さっき山荘《さんそう》に帰るとちゅう、ケンは二人に、ユウジから教わったことを話した。雪山に登るときには、木の枝《えだ》に赤い布などを結《ゆ》わえて、目印《めじるし》にするということを。

「あしたは、これで木に印《しるし》をつけながら、登るんだ」

剛《ごう》は得意そうに、細布のたばをケンに見せた。布は、赤や黄色、いろいろな色があった。

「晴れていれば道がわかるし、きょうみたいな吹雪《ふぶき》の日には、登らないよ。父さんがいっしょでもね」

それでも剛《ごう》は、楽しそうに布を切り続《つづ》けた。

そして、その日は夜まで吹雪《ふぶき》はおさまらず、ユウジも勇《いさむ》も下山してこなかった。

第14章
ふたたびふしぎの山へ

腕《うで》時計にセットした目覚《ざ》ましが鳴った。ケンがヘッドランプをつけて見ると、六時半だった。剛《ごう》も哲平《てっぺい》もびくともせずに眠《ねむ》っている。

ケンは、テントから出て、はしごのような階段《かいだん》をおりながら、今晩《こんばん》は二階《かい》でユウ兄たちといっしょに寝《ね》るんだなあと考えていた。それまでに、寝《ね》ぶくろを二階《かい》におろしておかなくちゃならない。そのとき、ついでにテントもかたづけてしまおう。あしたはもう東京に帰るのだから。

でも今は、九時のバスに間に合うようにしたくをすることを考えよう。ケンが今朝、こんなに早く起きたのは、トキ子おばさんから、朝一番にストーブの火をおこしてほしいとたのまれたからだ。

一階《かい》に行くと、トキ子おばさんも、ジュン、亜季子《あきこ》、若葉《わかば》もすでに起きていた。ケンは真っ先に表のドアを開けて、外を見た。まだ、うす暗い。それから、もっとよく様子を見ようと、外に出た。

「雪はやんでる」

「そう。じゃあ、きょうはニョロニョロ見に行けるわね」

ガス台の前にいたトキ子おばさんがいった。

ガス台の上には、すでにカマが火にかけてあり、ごはんを炊《た》いている最中《さいちゅう》だった。持ってきたパンはすべて食べてしまったし、朝パンを手作りしていたのでは、時間がかかりすぎる。それで、きょうはおむすび弁当《べんとう》を持っていくことにした。

ケンはストーブに火をおこし始めた。ストーブの上には、きのうの夕飯のロールキャベツが入った大きなアルミナベがかけてある。となりにのっているのはダッチオーブン。ストーブに火がついたら、きのうの午後作ったサツマイモ入り蒸《む》しパンをダッチオーブンに入れて温め、朝食で食べることになっている。

「ニョロニョロ大きくなったかな」ジュンがいった。

「このところ、毎日雪がふっているから、きっと少しは成長したでしょうね」

トキ子おばさんが答える。

「お母さん、きょうもしユウ兄ちゃんたちが九時のバスに間に合うように帰ってこなかったら、どうするの？」亜季子《あきこ》が聞いた。

「待っててあげたいところだけど、わたしは歩いて村まで行くなんて、とても無理《むり》」

トキ子おばさんは首をふった。

「ぼくが一人で待ってるよ。十一時に出れば、十二時には阿部《あべ》さんの家に着くから」

「そう。ケン君に残《のこ》ってもらえると助かるわ。せっかくだから、できればユウジ君たちもいっしょに見に行けるといいじゃない」

それから、トキ子おばさんとケン、女の子たち三人は、朝ごはんのしたくと昼の弁当《べんとう》を作りながら、きょうのことを相談した。

ケン以外《いがい》の全員が、予定通り九時のバスで阿部《あべ》さんの家に行き、父さん、それにケン、ユウジ、勇《いさむ》が来るのを待つ。そして、全員そろったところで、ふしぎの山に登る。

ケンは十一時まで山荘《さんそう》で待って、それでもユウジたちが山からおりてこなければ、一人で歩いて阿部《あべ》さんの家まで行くという。

「一人でだいじょうぶなの？」

トキ子おばさんは心配したが、

「ふつうの道だから、もちろんだいじょうぶだよ」とケンは答えた。

「ニョロニョロを見に行ったあと、帰りに温泉《おんせん》によるから、着替えを持っていくのをわすれないでね」

そして、山にいる間、風呂《ふろ》に入れなかったユウジと勇《いさむ》にもそのことを伝《つた》えてほしいと、トキ子おばさんはつけ加《くわ》えた。

「父さん、もう家を出たかな」ジュンが聞いた。

「もうとっくに出てるよ」とケンが答える。

「うちのお父さんも、きょうの昼には向こうを出るから、夜にはこっちに着くんだよね」

亜季子《あきこ》がいった。

「いいなあ。うちのお父さんとお母さんも来られるとよかったのに」

若葉《わかば》はうらやましそうな顔をした。

「うちのお母さんもだよ」とジュンもいった。

「ニョロニョロは春までいるんだから、また来ればいいじゃないの。それより、もう七時すぎだから、剛《ごう》と哲平《てっぺい》起こさなくちゃ」

「ぼくが起こしてくる」

ケンが階段《かいだん》を登っていこうとした、そのときだった。

「そうだわ。きょう別《べつ》行動になるから、ケン君にわたしの携帯《けいたい》かしてあげる」

トキ子おばさんがいった。

「おばさんは持っていかなくてもいいの？」

「うん。アッコのがあるから、だいじょうぶ」

ケンが屋根裏《やねうら》に行ってみると、剛《ごう》も哲平《てっぺい》も、まだ寝《ね》ぶくろにくるまって、眠《ねむ》っていた。

「おい。起きろよ。きょうは雪ふってないから、ニョロニョロ見に行けるぞ」

ケンが声をかけても、二人ともぴくりともしない。とうとうケンは、テントの中に入って、二人の寝《ね》ぶくろをゆすった。

それで、ようやく二人は寝《ね》ぶくろのファスナーを開けて、もそもそと起き上がった。

「早く起きないと、バスが行っちゃうぞ」

剛《ごう》も哲平《てっぺい》もそれを聞くと、とつぜんあわてだした。二人が寝《ね》ぶくろの中から出したペットボトルを、ケンが受け取って、下に運んだ。

一階《かい》では、トキ子おばさんと女の子たち三人が、すでに朝ごはんを食べていた。

「朝ごはんのあと、おむすびにぎらなきゃならないから、先に食べ始めたわよ」

おむすびは、父さんとユウジ、勇《いさむ》のぶんもにぎるという。

「ぼくは、剛《ごう》たちが来てから、いっしょに食べるよ」

「ユウジ君たちのお弁当《べんとう》は置《お》いていくから、わたしてあげてね」

「うん、わかった」

「それから、わたしの携帯《けいたい》の電池が切れていたの。今、奥《おく》の部屋で充電《じゅうでん》を始めたところだから、しばらくそのままにしておいて」

「もう、お母さんたら、ここにいるときは携帯《けいたい》でしか連絡《れんらく》できないんだから、毎日ちゃんと充電《じゅうでん》しなくちゃだめだよ」亜季子《あきこ》がいった。

「本当ね。山荘《さんそう》に来てから、だれからも何の連絡《れんらく》もないので、ついうっかりしたわ」

ようやく、剛《ごう》と哲平《てっぺい》がバタバタとおりてきた。二人と入れかわるようにして、トキ子おばさんと女の子たち三人は席《せき》を立ち、弁当《べんとう》の準備《じゅんび》にかかった。

剛《ごう》も哲平《てっぺい》も、ケンといっしょにひとことも口をきかずに朝ごはんを食べた。食べ終わると、何もいわれなくても、二人は食器《しょっき》をかたづけ、歯みがきをし、顔をあらった。トイレに行ってから、防寒《ぼうかん》用ズボンと上着を着こみ、手ぶくろをして帽子《ぼうし》をかぶった。

そして、たった今できあがったばかりの弁当《べんとう》と、お茶の入った保温水筒《ほおんすいとう》をリュックに入れた。二人の着がえとせんたく物は、リュックとは別《べつ》のふくろに入れて、トキ子おばさんが持って行くことになっている。

おそく起きてきたわりには、二人のしたくは早くすんだ。時刻《じこく》は八時半。八時五十分に山荘《さんそう》を出れば、九時のバスに間に合うが、余裕《よゆう》をみて八時四十分に出ることになっている。

自分たち以外《いがい》、まだだれ一人防寒着《ぼうかんぎ》も着ていないのを見て、剛《ごう》がいった。

「先にいって、イグルー見てくる」

「ぼくも先に行く。イグルーで待ってるからね」と哲平《てっぺい》もいった。

二人は外に飛び出していった。

第15章

別《べつ》行動

イグルーは、きのうふった雪で、小山のようになっていた。入り口も、ほとんど雪でおおわれてしまった。

「雪どけて、中に入れるようにしようぜ」剛《ごう》がいった。

二人はリュックからソリを取り出すと、それを使って入り口の雪をのけていった。すぐに、ぽっかりとあながあいた。

「イグルーの周《まわ》り、もっと雪を固《かた》めなくちゃな」

剛《ごう》がそういいながら、イグルーの壁《かべ》の雪をてのひらでぺたぺたと押《お》しつけた。そのとき、

「お待ちどおさま」という声がした。いつの間にか、トキ子おばさんと女の子たち三人が近くに来ていた。

「続《つづ》きはあとだな」と剛《ごう》がいった。

「あれ、ケン兄は？」哲平《てっぺい》が聞いた。

「ケン君は、ユウジ君たちが山をおりてくるかもしれないので、あとから歩いて来るのよ」

「エー、そんなの聞いてないよ」剛《ごう》が大声を上げた。

「まあ、いいから行きましょう。バスに間に合わないと大変《たいへん》だから」

トキ子おばさんはイグルーのところから、方向を変《か》えて、夏道《なつみち》だったところをバス通りに向かって歩いていった。

「いつ決めたんだよ。そんなこと」剛《ごう》は納得《なっとく》できない様子だ。

「今朝よ。そういえば、あなたたちまだ寝《ね》てたんだったわね」

トキ子おばさんが歩くのを止めないので、剛《ごう》もすぐあとをついていく。

「ずるいよ。ケン兄だけ、ユウ兄たちと行くなんて」

「でも、ひみつの山には、みんないっしょに登るのよ」

「それだって、ぼくもユウ兄たちと行きたいよ」

「ぼくもだよ」と哲平《てっぺい》もいう。

「阿部《あべ》さんの家までだって、一時間は歩かなきゃ着かないのよ」

「それでもいい。ぼくもケン兄といっしょに歩いていく」

「ぼくだって歩いていく」

剛《ごう》も哲平《てっぺい》も、ゆずらない。

「哲平《てっぺい》は、歩いていくなんて無理《むり》じゃないの。つかれてふしぎの山に登れなくなっちゃうよ」若葉《わかば》がいった。

「無理《むり》じゃないよ。歩けるよ」

それを聞いて、とうとうトキ子おばさんはいった。

「じゃあ、急いでもどって、ケン君に聞いてらっしゃい。ケン君がいいっていったら、二人ともあとから歩いてくればいいわ。そのかわり、ダメっていわれたら、バスに間に合うように走ってくるのよ」

「わかった」

剛《ごう》と哲平《てっぺい》は、大急ぎで山荘《さんそう》まで引き返していった。


ケンの反応《はんのう》は、二人、とくに剛《ごう》にとって、まったく思いもよらないものだった。

「ダメだよ。バスに乗って、先に行けよ」

「なぜ、ダメなんだよ」剛《ごう》が、ムッとして聞いた。

「ユウ兄たちが、いつ山からおりてくるかわからないだろう。ぎりぎりまで待ってるつもりなんだ」

「ぼくたちだって、ぎりぎりまで待ってるよ」

「ダメだよ。剛《ごう》と哲平《てっぺい》がいたら、もっと早くここを出なくちゃならなくなる」

剛《ごう》は口をつぐんだ。もうれつに頭にきていた。今年の夏、ケン兄のピンチを助けてあげたのはだれだと思ってるんだよ。

あのときケン兄はいったじゃないか。「きょう、山登りについてきてくれて、助かったよ」って。それなのに、きょうは先に行けなんて、勝手だよなと思った。

「いいか。とにかく早く行けよ。バスに間に合わなくなるから」

ケンは最後《さいご》にそういいおくと、二階《かい》へ行く階段《かいだん》を上っていった。屋根裏《やねうら》のテントを一人でかたづけようとしていた。

「ケン兄のやつ、ゆるさない」

山荘《さんそう》から出てきた剛《ごう》は、いかりまくっていた。

「もう口きいてやるの、よそうぜ」

そういう哲平《てっぺい》は、それほどおこっている様子ではない。

夏、ケンが剛《ごう》だけ連れて山に登ったのがわかったときは、大泣《な》きした。いつもいっしょに遊んだり、行動をともにしている剛《ごう》がすることは、なんだって哲平《てっぺい》も同じようにしたい。剛《ごう》は、たったの一歳《さい》しか年上じゃないのだ。

だから、夏に一人だけ置《お》いてきぼりをくったことは、絶対《ぜったい》にゆるせないと思った。とこ

ろが、きょうダメだといわれたのは、二人いっしょだ。それなら、あきらめられる。

外に出た哲平《てっぺい》は先に立って、ずんずんかけだした。人の歩いたあとがあるので、さっきよりもぐらない。剛《ごう》は、ふきげんそうな様子で、のろのろと歩いてくる。

哲平《てっぺい》は、通りがかりにイグルーに入った。ここにいれば、雪がふったってだいじょうぶだ。剛《ごう》が目の前に来たとき、哲平《てっぺい》は入り口から顔だけ出して、いった。

「ここで、ユウ兄たち待ちぶせしてようぜ。ユウ兄たちなら、絶対《ぜったい》にいっしょに行っていいっていうよ」

「よし」剛《ごう》もその気になって、イグルーに入った。

けれども、少しの時間すわっているうちに、こんなことはやめようと思い返した。

ここで待っていても、ユウ兄たちがいつ帰ってくるかわからないのだ。何時間もじっとただこの中にいるなんてつまらない。それに、足手まといだと思われてまで、ケン兄やユウ兄たちといっしょに行きたくはなかった。

「やっぱり。バスで行こう」剛《ごう》はそういうと、イグルーから出た。

「エー、なんでだよ」

哲平《てっぺい》は不満《ふまん》そうな顔をしたが、一人で待つのもいやなので、イグルーから出た。二人はだまったまま、バス停《てい》のほうに向かった。

あと四十メートルほどで、バス停《てい》に着くというときだった。バスが走ってきて、止まったのが見えた。

「おーい」と哲平《てっぺい》がさけんだ。

「ぼくたちも乗るよー」剛《ごう》もさけんだ。

トキ子おばさんにも、三人の姉さんたちにも聞こえないらしく、みなふり返らずにバスに乗りこんでいく。

剛《ごう》も哲平《てっぺい》も、それを見ても、大してあわてていなかった。この間バスに乗ったとき、運転手さんは哲平《てっぺい》とケンがおくれたのを待っていてくれた。きょうも待ってくれるだろう。

ところが、バス道路へおりる雪の壁《かべ》の上まで行ったとき、いきなり、バスは発車した。

剛《ごう》と哲平《てっぺい》は、雪の壁《かべ》をすべっておりながら、

「おーい」「ぼくたちも乗せてよー」

と大声でさけんだ。けれど、バスはそのまま進んでいく。

二人はバスのあとを追って、走った。バスの後ろの座席《ざせき》には、姉さんたちらしい三人がすわっているのが見える。だれか一人でも、ふり返って外を見てくれれば、剛《ごう》と哲平《てっぺい》が一生懸命《いっしょうけんめい》に走って追いかけているのが目に入ったはずだ。

けれど、ふり返らなかった。だれ一人。三人はおしゃべりに夢中《むちゅう》だったのだ。

第16章

予定変更《へんこう》

「まったく、剛《ごう》も哲平《てっぺい》ももの好《ず》きね。バスにただすわっているだけで、ふしぎの山のふもとまで連《つ》れていってくれるっていうのに、一時間も歩こうだなんて」トキ子おばさんは、あきれたようにいった。

おばさんと女の子たち三人は、雪をふみしめながら、バス停《てい》に向かっていた。

「いいんじゃないの。二人とも力があまってるんだから」

「それに、おじさんを待っている間、あの二人がじっとしているわけないから、ここでしばらく遊んでいたほうが、静《しず》かでいいよ」

亜季子《あきこ》と若葉《わかば》がいった。

「うん。それにユウ兄ちゃんたちが山から帰ってこなかったら、ケン兄が一人で歩いてこなくちゃならないでしょ。道連《づ》れがいたほうが楽しいよ」とジュンもいう。

それっきり、トキ子おばさんも女の子たち三人も、剛《ごう》と哲平《てっぺい》は、ケンといっしょにあとからくると決めこんでしまった。

だから、バスがやってきて乗りこむとき、運転手さんから、

「きょうは四人だけかい。ずいぶん少ないね」といわれると、

「はい。男の子たちはあとから歩いてきます」

と、亜季子《あきこ》はうたがいもせずに答えた。

運転手さんは四人を乗せると、ただちにバスを発車させた。

阿部《あべ》さんの家の近くのバス停《てい》で、トキ子おばさんと三人の女の子たちがおりたのは、九時十五分すぎだった。

「ちょっとくもっているわね。もっと晴れてたらよかったんだけど」

トキ子おばさんは空を見上げた。

空全体が灰色《はいいろ》の雲におおわれて、青空はどこにも見えない。太陽《たいよう》も、影《かげ》も形もなかった。

「でも、よかった。雪ふってなくて」

「ニョロニョロ大きくなったかなあ」

亜季子《あきこ》もジュンも、くもり空など気にもとめず、もう一度ニョロニョロが見られるのを楽しみにした。

ところが、阿部《あべ》さんの家に着くと、おどろくような知らせ

が待ち受けていた。

「タカシさんから今朝電話があって、きょう昼にこっちに来られなくなったんだと」

「エーッ」「ウッソー」

トキ子おばさんと三人の女の子たちは、同時に声を上げた。

「なんでも、みんなといっしょに、車で来るようなことをいっておったぞ」

みんなって、一体だれのことだろう。明《あきら》おじさんといっしょに昼ごろ出ることにしたんだろうか。わけがわからないので、父さんに直接《ちょくせつ》聞いてみることにした。

トキ子おばさんは亜季子《あきこ》の携帯《けいたい》を借《か》りて、父さんに電話をした。

「エー、ヤエ子んちも、タカシんちも、こっちに来るの？　正月はどうするのよ」

トキ子おばさんはおどろいて、大声を上げた。

「四日まであの山荘《さんそう》にいるのー」おばさんの声のトーンが、さらに高くなった。

それから長い間、トキ子おばさんは父さんがしゃべるのを、ただ聞いていたが、やがて、いった。

「そんな大事なことを、なぜもっと早く知らせてくれないのよ。きょう、タカシもいっしょにニョロニョロ見に山に登ると思って、阿部《あべ》さんの家に来ちゃったわよ」

けれど、またすぐに、

「ああ、ごめんなさい。携帯《けいたい》の電池切れてたのに、今朝気づいたの」と、あやまった。

トキ子おばさんが電話を切るのを待って、

「うちの母さん、来るんだって？」「わたしのお母さんとお父さんも？」

ジュンと若葉《わかば》が、同時に聞いた。

「そうなのよ。今ちょっと頭の中を整理するから待って」

トキ子おばさんは困《こま》った様子で、みんなの質問《しつもん》を止めた。

「急いで、ヤエ子に買ってきてもらう食料《しょくりょう》を連絡《れんらく》しなくちゃならない。昼には東京を出るらしいから。そんなに大勢《おおぜい》で四日間も泊《と》まるとなると、食料《しょくりょう》が全然《ぜんぜん》足りないわ」

トキ子おばさんは、リュックからデザインブックを取り出して、買ってきてもらうものを、次々に書き出していった。

「お母さん、きょうはニョロニョロ見に行かないの？」と亜季子《あきこ》が聞いた。

「そうね。ほかの人たちが来てから、みんなで見に行ったほうがいいわね」

「ケン君は、このこと知ってるの？」

「それが、まだ知らないのよ。タカシが携帯《けいたい》にかけても出ないんですって。ちょっと、アッコかけてくれる？　出たらかわるから」

けれど、ケンはやはり電話に出なかった。

「奥《おく》の部屋で充電《じゅうでん》してるから、携帯《けいたい》の音が聞こえないんだよ」亜季子《あきこ》がいった。

「山荘《さんそう》を出るときには、必《かなら》ず携帯《けいたい》を取りにゆくはずだから、そのときには気づくわね。アッコ、つながるまで、電話をかけ続《つづ》けて」

トキ子おばさんは、食料品《しょくりょうひん》のリストを書く手を止めずに、いった。

ようやく、リストができあがった。ヤエ子おばさんに電話をすると、すでにかなりの食《しょく》料品《りょうひん》は、ジュンたちのお母さんと相談して、そろえられていた。

お正月を山荘《さんそう》ですごすことになるので、かまぼこ、伊達《だて》巻《ま》きなど、正月用のおせち料理《りょうり》も買ってあったし、黒豆やお煮《に》しめなども、昨晩《さくばん》のうちに煮《に》たということだった。おもちも、大量《たいりょう》に用意していた。トキ子おばさんが伝《つた》えた食料《しょくりょう》で、足りないものは、これから買ってきてくれることになった。食料《しょくりょう》補給《ほきゅう》は、なんの問題もなかった。

最後《さいご》に若葉《わかば》が電話に出て、山荘《さんそう》は夜が寒いことを伝《つた》えると、ヤエ子おばさんは、古くて買い換《か》えようと思っていたホットカーペットを持って行くことにする、といった。

ヤエ子おばさんと話していたとき以外《いがい》、亜季子《あきこ》はずっとケンに電話をかけ続《つづ》けていた。

十時をすぎても、ケンは電話に出なかった。

「ケン君、もう山荘《さんそう》を出ちゃったってことないかな」

亜季子《あきこ》がいうと、

「ケン兄、十一時前でもユウ兄たちが帰ってきたら、出発するよね」とジュンがいった。

「それなら、ずっと携帯《けいたい》を持っているから、電話に出られるんじゃない」

若葉《わかば》の言葉に、みんなはそれもそうだとうなずいた。

そのあと、トキ子おばさんと女の子たちは、きょうのこれからのことを相談した。ニョロニョロを見に行かないので、十二時のバスで山荘《さんそう》に帰ることにした。けれど、せっかく村まで来ているので、温泉《おんせん》には入りたい。予定より四日間も長く山荘《さんそう》にいることになったわけだから、せんたくもしたい。バスに乗るまでには、あと一時間半しかないので、すぐにも温泉《おんせん》に行こうということになった。

そして、トキ子おばさんと亜季子《あきこ》、ジュン、若葉《わかば》は、阿部《あべ》さんのおじさんとおばさんに、きょうのお礼と、よいお年をというあいさつをして、あわただしく阿部《あべ》さんの家をあとにした。

阿部《あべ》さんは、見送りながら、

「それじゃあ、わしらもそろそろ、娘《むすめ》のところに行くとするか」

といった。昼まで家にいることにしていたのは、みんなのためだったらしい。

トキ子おばさんと女の子たちは、ケンと連絡《れんらく》がとれないまま、温泉《おんせん》に着いた。そして、こうなったら交代で温泉《おんせん》に入るしかないねと話していたとき、ようやくケンが電話に出た。

ぎりぎりに連絡《れんらく》がついて、本当によかった、とどちらもが思った。トキ子おばさんと女の子たち三人は、いっしょに温泉《おんせん》に入れることになった。そして、ケンも、ユウジと勇《いさむ》がまだ山からおりてこないので、一人で山荘《さんそう》を出発するところだった。

「じゃあ、きょうはこのままここにいるよ」とケンがいうと、

「ユウジ君たちが帰ってきたら、さそってね。お正月も山荘《さんそう》にいられるなら、いっしょにニョロニョロを見に行きましょうって」と、トキ子おばさんはつけ加《くわ》えた。

トキ子おばさんもケンも、剛《ごう》と哲平《てっぺい》についていて何も聞かなかったし、何もいわなかった。どちらも、お互《たが》いに相手といっしょにいると思いこんでいたのだ。

電話を切った直後、亜季子《あきこ》が、

「ケン君と剛《ごう》と哲平《てっぺい》は、きょうお風呂《ふろ》に入りにこなくていいの？」

と、初《はじ》めて二人の名前を出した。

「夜には、お父さんが来るのよ。車さえあれば、いつだって簡単《かんたん》に村まで来られるんだから、きょう入りにくることないわよ」と、トキ子おばさんは答えた。

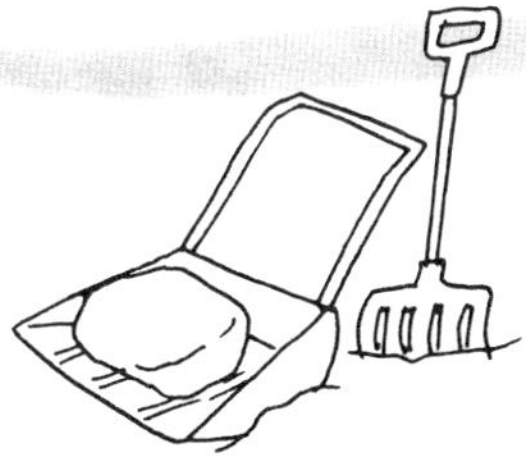

第17章

二人きり

剛《ごう》と哲平《てっぺい》が乗りそびれたバスは、すぐ近くに見えていた。二人は、できるかぎり急いでバスのあとを追った。

きのうはたくさん雪が積《つ》もったけれど、車道はラッセル車によって除雪《じょせつ》されていた。けれど、完全に除雪《じょせつ》されたわけではないので、バスはゆっくりと安全なスピードで進んでいく。

「次のバス停《てい》で追いつこうぜ」

剛《ごう》がいきおいよく走るので、背中《せなか》で、リュックが上下にぴょんぴょんとはねた。

「よし、わかった」

哲平《てっぺい》は少しおくれてはいたものの、一生懸命《いっしょうけんめい》に剛《ごう》のあとを追った。

バスはカーブの向こうに消えて、見えなくなった。剛《ごう》は目いっぱい急いだ。哲平《てっぺい》はだいぶはなれてしまったけれど、今は剛《ごう》一人だけでもバスに追いつければいいのだ。そうすれば、バスを止めて、待っていてもらうことができる。

ところが、カーブを曲がってみると、バスはさっきまでよりも遠くに行ってしまった。

さらに、次のカーブを曲がると、バスはもっと小さくなった。その次のカーブでは、もう影《かげ》も形もなくなっていた。

剛《ごう》は、ようやくそこで足を止めると、はあはあと荒《あら》い呼吸《こきゅう》を何度もくり返した。心臓《しんぞう》がバクバクとしていて、苦しかった。体もほてるように熱《あつ》い。上着のファスナーを開けた。

そのとき、やっと哲平《てっぺい》が追いついた。哲平《てっぺい》も苦しそうに肩《かた》で息をしている。二人は、しばらくその場に立ち止まったまま、バスが進んで行った先を見つめていた。

やがて、哲平《てっぺい》が口を開いた。

「バス、行っちゃったね。これから、どうするの？」

剛《ごう》はすぐには、返事ができなかった。どうしたらいいかなんて、剛《ごう》にだってわからない。

ただし、一つだけ確《たし》かなことがある。

「ふしぎの山まで歩いていくしかないな」

けれど、剛《ごう》はなかなか動きだそうとしなかった。どちらのほうに向かって行ったらいいか迷《まよ》っていたのだ。

もうだいぶ阿部《あべ》さんの家のある村に向かって進んできたのだから、このまま二人で、進み続《つづ》けるのがいいか。それとも、山荘《さんそう》にもどったほうがいいか。山荘《さんそう》にもどれば、ケン兄やユウ兄たちといっしょに歩いてふしぎの山に行くことができる。

でも、剛《ごう》は、さっきケン兄にいわれたことをわすれていなかった。ぎりぎりまで待ってから出発したいから先に行けと。つまり、歩くのがおそい自分たちがいっしょでは、ぎりぎりまで待っていられなくなる、ということだ。

さっきは、そういわれてもうれつに腹《はら》が立った。けれど、今はよくわかる。たった三つカーブを曲がって走るだけでも、哲平《てっぺい》はずいぶんおくれた。阿部《あべ》さんの家まで、大人の足でも一時間はかかる。そこをケン兄やユウ兄たちと同じ速さで歩くなんて無理《むり》なのだ。

それなら、先に進んだほうがいい。今も、ここまで走ったせいで、ずいぶんつかれていた。また山荘《さんそう》までもどって、それから阿部《あべ》さんの家のある村まで歩いたら、もっとつかれて、ふしぎの山に登れなくなるかもしれない。そんなことは、絶対《ぜったい》にいやだと思った。

「じゃあ、行こうぜ」とうとう、剛《ごう》がいった。

「二人で？」哲平《てっぺい》が聞いた。

「二人だけど、そのうちケン兄たちが追いついてきたら、もっと人数が増《ふ》えるよ」

「じゃあ、ゆっくり歩けばいいね。そうしたら、ケン兄といっしょに行けるから」

「そうだな」

二人は、バス道路を阿部《あべ》さんの家がある村に向かって、歩きだした。

剛《ごう》も哲平《てっぺい》も、少しも先を急がなかった。前方よりも、むしろ後ろばかり気にしていた。

「早くケン兄たち来ればいいのに」

哲平《てっぺい》は、何度もふり返っては、その言葉を口にした。山のすそ野を巻《ま》くようについていく単調《たんちょう》な雪道は、少し歩いただけであきてしまった。

カーブをいくら曲がっても、次に見えるのは同じような景色《けしき》ばかりだ。ゆるやかな山の斜面《しゃめん》と、雪をかぶった木々。道路から山の上は見えないし、遠くの景色《けしき》も見えなかった。

「車が通ったら、ヒッチハイクしようよ」

哲平《てっぺい》が提案《ていあん》したが、車はほとんど通らなかった。たった一台追い越《こ》していった車は、軽トラックで、二人ぶんの座席《ざせき》に二人すわっていて、ほかの人など乗るスペースはなかった。

剛《ごう》と哲平《てっぺい》が手をふると、二人も手をふり返してくれた。

哲平《てっぺい》はそのあと、急に歩く気をなくしたらしく、雪を丸めると、ずっと下を流れる川に向かって雪の玉を投げた。

剛《ごう》もいっしょになって、玉を放った。次は、木の上に向かって投げて、枝《えだ》にのった雪を落として遊んだ。

それから、剛《ごう》がリュックから出したチョコクッキーを二人で食べた。そのついでに、剛《ごう》はしきものを出した。

「ジャンケンして、勝ったほうがソリに乗るお客で、負けたほうが馬になって運ぶっていうのはどうだ？」

「ようし。やってやろうじゃないか」

しきものがソリだった。剛《ごう》も哲平《てっぺい》も、遊ぶほうが楽しくなってしまった。

カーブがくるごとに、ジャンケンをし、二人は馬になったりお客になったりした。それで、ますます進むのがのろくなった。


遊んだあとは、二人ともまた雪道をまじめに歩き始めた。こんなことしてたのでは、いつまでたっても着かないことに、いい出しっぺの剛《ごう》が気づいたからだ。

歩いて歩いて、歩きつかれたころ、ようやく村に入り、家が建《た》っているところまでたどり着いた。阿部《あべ》さんの家まで、あと少しだった。

「みんな、きっとビックリするね。二人だけで行ったら」

哲平《てっぺい》が、いたずらっぽく笑《わら》った。

二人は阿部《あべ》さんの家に着いて、ピンポンを鳴らすと、ドアを開けても見られないところに、さっとかくれた。阿部《あべ》さんの家は、今はもう民宿《みんしゅく》をしていないが、玄関《げんかん》は今でも、お客さんが来ていたころのように、カギを開けてある。

剛《ごう》も哲平《てっぺい》も、もちろんそれを知っていたが、わざとピンポンを鳴らした。みんなが玄関《げんかん》から出てきたところで、わっとおどろかせる計画だった。

けれど、だれも出てこなかった。剛《ごう》はもう一度ピンポンを鳴らした。

三度目には、剛《ごう》はとうとうかくれるのをやめて、玄関《げんかん》の引き戸を開けようとした。

しかし、開かない。

「おかしいぞ。カギがかかってる」

「ほんとだ。おじいちゃん、この間はカギ開けてたのに、なぜきょうはかけたんだ」

剛《ごう》も哲平《てっぺい》も、玄関《げんかん》の前で、

「こんにちはー」「ごめんくださーい」

と大声でいった。

やはり、だれも出てくる気配がない。

「お母さーん」「お姉ちゃーん」「アッコー」「ジュンちゃーん」

二人の声は、しだいに大きくなっていった。


「だれもいないんだ」

とうとう剛《ごう》は、そう結論《けつろん》を出した。阿部《あべ》さんも、お母さんも、亜季子《あきこ》も、ジュンも、若葉《わかば》も、だれ一人ここにはいない。だから昼間なのに、カギがかかっているんだ。

「なんで、みんないないないんだよ」

剛《ごう》にくってかかるようにいった哲平《てっぺい》は、すぐに気がついた。

「あー、ぼくたちだけ置《お》いて、みんなでニョロニョロ見に行っちゃったんだ」

まさか、と剛《ごう》は思った。こんなときのためにはめてきた、お父さんからもらったお下がりの腕《うで》時計を見ると、十一時少し前だ。まだ、おじさんがここに来る時間にはなっていない。

ケン兄とユウ兄たちだって、自分たちを追い越《こ》して、先に着いているはずはない。ここまでは、ずっと一本道なのだ。追いぬかれたなんてありえない。

じゃあ、みんなは今どこにいるんだろう。明らかに人のいる気配がまったくない阿部《あべ》さんの家の前で、剛《ごう》は考えこんだ。

「行こうよ。絶対《ぜったい》にふしぎの山に登ったに決まってるよ」

哲平《てっぺい》は、せかすようにいった。けれど、剛《ごう》はどうもおかしい気がして、いった。

「おじさんが来る十二時まで、ここで待ってようよ」

「ここでって、外で待ってるの？」

「うん。中には入れないし」

けれど、哲平《てっぺい》は反対した。

「待ってないで行こうよ。早く追いかけないと、追いつかなくなっちゃうよ」

結局《けっきょく》、とうとう剛《ごう》も決心した。

「じゃあ、ふしぎの山の登り口まで行ってみよう。あそこまで行けば、みんなが山に登ったかどうかわかるから」

登り口までは、ここから歩いて十五分か二十分で着く。夏だと、そこをみんなが登ったかどうかわからないが、雪の積《つ》もった今なら、雪に足あとがついているから、登っていればわかる。足あとがなかったら、またここにもどってくればいい。おじさんが来る十二時までには、間に合うはずだ。

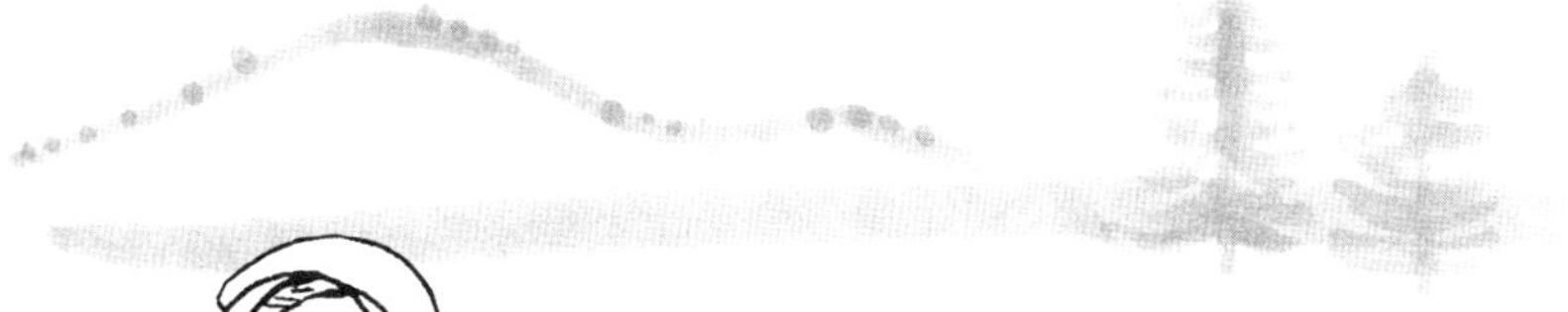

第18章

追いかける

「ほーら、やっぱりぼくたち置《お》いて、ニョロニョロ見に行っちゃったんじゃないか」哲平《てっぺい》が、ふゆかいそうにいった。

二人は、ふしぎの山の登り口までやって来た。ここが登り口なのはまちがいない。カーブミラーが、この前と同じように、丸いミラーの部分だけ雪の上に出して立っている。

すぐ横の雪の斜面《しゃめん》に、ふつうのクツより大きい足あとが、上に向かって続《つづ》いていた。かんじきをはいて登ったあとだろう。足あとの幅《はば》は広く、明らかに登っていったのは一人ではなさそうだ。

「早く追いかけようよ」

哲平《てっぺい》がいきおいよく登っていった。二、三歩登ったところで、ズボッと右足がひざの上までもぐった。

「かんじきはかなきゃ、登れないよ」

剛《ごう》がそういった瞬間《しゅんかん》から、二人がふしぎの山に登ることが決まった。

剛《ごう》は下でかんじきをはいた。はきながらも、哲平《てっぺい》と二人だけでふしぎの山に登ったりしていいか、考えていた。

みんなは、ぼくと哲平《てっぺい》を置《お》いて、先に登っていったらしい。阿部《あべ》さんの家にだれもいない理由は、それしか考えられない。山荘《さんそう》のほうに行くバスは一台も通らなかったから、とちゅうで気を変《か》えてもどったわけじゃない。だけど、そうすると、ケン兄とユウ兄たちはどうなるんだ。急に来るのをやめたんだろうか。剛《ごう》には考えてもわからなくて、首をかしげた。

でも、あした東京に帰らなきゃならないのだから、きょうがニョロニョロに会える最後《さいご》のチャンスだ。絶対《ぜったい》にもう一度見てみたい。姉さんたちが見に行ったなら、なおのことだ。自分たちだけ置《お》いてきぼりにされて、見に行けないなんて、がまんできない。

哲平《てっぺい》のあとを追って、剛《ごう》は雪の斜面《しゃめん》を登っていった。前に歩いたあとがあるので、哲平《てっぺい》はさくさくと登って行く。

この間は、虫だの山ブドウの実だのにしじゅう目うつりしていたが、哲平《てっぺい》はきょう、そんなものには目もくれずに、いちもくさんに登っていく。

村を見下ろせる場所まで登り着いた。この間は、はっきりと家々が見えたが、きょうは全体に白いガスがかかり、ぼんやりとしている。

「少し休もうぜ」

剛《ごう》は足を止めた。夏、黒岳《くろだけ》に登ったとき、ケン兄は必《かなら》ず三十分に一回休みをとりながら登るといっていた。今もそのくらいの時間歩いている。

「休まないでいいから、早く行こうよ」

哲平《てっぺい》は、このまま進みたい様子だ。

「ううん。休む。あとでつかれて歩けなくなると困《こま》るから」

剛《ごう》にいわれ、哲平《てっぺい》は不満《ふまん》そうな顔をした。それを見て、剛《ごう》はいった。

「哲平《てっぺい》はきょう、ぼくのいうことをきかなきゃダメなんだぜ。年上なんだから」

「エーッ」哲平《てっぺい》は、さらに不満《ふまん》そうな顔をした。

剛《ごう》はリュックからアーモンドチョコレートを出して、哲平《てっぺい》にもあげた。そのとき、剛《ごう》はリュックの中に、布きれの入ったポリぶくろがあるのに気がついた。

「あっ、そうだ。これつけて登らなきゃ」

剛《ごう》がすぐそばの木の枝《えだ》に、最初《さいしょ》の赤布を結《むす》びつけたときだった。急にあたりが濃《こ》いガスに包《つつ》まれた。

剛《ごう》がはっとして村のほうを見下ろすと、さっきまでうすぼんやりと見えていた道路も家も木々も、ほとんどガスでかくされてしまった。

「ほら、こんなところでのんびり休んでるから、天気が悪くなっちゃったよ」

哲平《てっぺい》はまた文句《もんく》をいった。

ふたたび、哲平《てっぺい》が先頭で登り始めた。哲平《てっぺい》は先を急ぐことしか考えていない。剛《ごう》が後ろから布を木に結《むす》びつけながら登っていった。

剛《ごう》は少し登っては立ち止まり、手ぶくろをはずして、木の枝《えだ》に布を結《むす》んだ。そのあと、また手ぶくろをはめてから登りだすので、時間がかかっていた。その間に、哲平《てっぺい》はどんどん先に進んでいく。

「おい、あんまり先に行くなよ。はぐれると、困《こま》るから」剛《ごう》は、後ろから声をかけた。けれど、哲平《てっぺい》はそのまま登っていってしまう。しだいに、白いガスにまぎれて、はっきりとすがたが見分けられなくなった。

しかたなく、剛《ごう》も布を結《むす》ぶのをやめて、急いで哲平《てっぺい》を追いかけた。

「哲平《てっぺい》、待てよ。一人で先に行くなよ」

ふいに、白いガスの中に哲平《てっぺい》のすがたがぼーっとうき上がった。哲平《てっぺい》が立ち止まったのだ。剛《ごう》はやっと哲平《てっぺい》がいうことを聞いたのだと思い、そこまで登っていった。そして、

「ここから先はいっしょに行くんだぞ」と念《ねん》を押《お》した。

ところが、哲平《てっぺい》はうなずきもせず、とほうにくれた様子で、剛《ごう》のほうを見ている。哲平《てっぺい》が手で押《お》さえていたのは、なかば雪にうもれ、頭が三十センチほど見えるだけの山頂《さんちょう》のくいだった。村も周《まわ》りの景色《けしき》もガスで何も見えなかったが、二人は山頂《さんちょう》に立っていたのだ。

そのとき、剛《ごう》も気がついた。足あとが、山頂《さんちょう》のくいのところでぷっつりと切れていた。

「なぜ足あとがここまでしかないのかな」哲平《てっぺい》が、不思議《ふしぎ》そうな顔で聞いた。

「わかんないよ」

考えられるのは、みんながここまで登ってきて、まだ同じ道をたどって山を下ったということだ。

でも、ここからあと少し行けば、ニョロニョロが見られるのに、なぜ見に行かなかったか。それに引き返したとしたら、同じ道をたった今登って来た自分たちと、なぜすれちがわなかったのか。

バスは相当早く着いたから、ぼくたちが登りだす前に、もう登って、おりたんだろうか。でも、それなら、阿部《あべ》さんの家から来るとちゅうの道で会ってもいいはずだ。

そのとき、初《はじ》めて剛《ごう》の頭に、今までたどってきた足あとは、姉さんたちのじゃないのかもしれない、という新たな考えがうかんだ。よく考えると、おじさんとケン兄もいないのに、お母さんとアッコたちだけで、ふしぎの山に登るだろうか。

剛《ごう》がいろいろ考えをめぐらせていると、

「おなかすいたね」と哲平《てっぺい》がいった。腕《うで》時計を見ると、時刻《じこく》は十二時十分前だった。

二人はしきものを出してすわり、昼ごはんを食べることにした。おむすびとたまご焼《や》きの弁当《べんとう》は冷《つめ》たくなっていたけれど、おいしかった。二人は熱《あつ》いお茶を飲みながら、食べた。

食べながら剛《ごう》は、これからどうしたらいいか考えていた。何かまちがいが起きたのは確《たし》かだった。昼ごはんは、お母さんも、おじさんも、ケン兄も、アッコたちも、みんなそろって食べるはずだった。それなのに、今ここにいるのは、哲平《てっぺい》と二人だけだ。

「帰りは、そりでビュンビュンすべっていこうぜ」

哲平《てっぺい》は、二人だろうが何だろうが、気にしていない様子だ。

もし予定通り進んでいたら、東京からおじさんが来て、それに間に合うようにケン兄と、たぶんユウ兄たちも山荘《さんそう》から歩いてやってきて、今ごろお母さん、アッコ、ジュンちゃん、若葉《わかば》ちゃん、それに哲平《てっぺい》とぼく、みんなそろってふしぎの山に登っているはずだ。

でも、そこに哲平《てっぺい》もぼくもいない。たった今、二人ともふしぎの山の頂上《ちょうじょう》にいるんだから。そうしたら、みんなはどうするか。

答えは簡単《かんたん》に出た。やっぱりふしぎの山に登りにくる。せっかく最後《さいご》の日のきょう、あちこちからみんな集まってくるのだ。登ってこないなんてはずない。

剛《ごう》は立ち上がって、いった。

「哲平《てっぺい》、今登ったところをおりよう。そうすれば、お母さんやケン兄たちが、ふしぎの山に登ってくるのに会えるよ」

「それじゃあ、ニョロニョロはどうなるの？」哲平《てっぺい》はすわったまま、聞いた。

「みんなといっしょに、また登ってくればいい」

「エー、そんなに何度も登れないよ。ここまでがんばってきたから、もうつかれちゃったよ」

哲平《てっぺい》だけでなく、剛《ごう》も行きにバスに乗らずに歩いてきたから、かなりつかれていた。

「じゃあ、ここで待ってるか」

けれど、待つといっても、下を十二時に出発したとして、みんながここまで登ってくるまでに、あと一時間くらいはかかる。

しばらく、二人はすわって待っていた。やがて、雪がふり始めた。それとともに、じっとしていたので、寒くてたまらなくなった。

「ねえ、待っているだけじゃつまんないよ。先にニョロニョロ見に行こうよ」

哲平《てっぺい》がそういいだしたとき、体を動かしたくなっていた剛《ごう》も、その気になった。

二人は、しきものなどの荷物をリュックに詰《つ》めて出発した。登ってきたのと反対側《がわ》の斜《しゃ》面《めん》を二、三歩下ったとき、剛《ごう》は、

「あっ、そうだ」といって、また山頂《さんちょう》に引き返した。山頂《さんちょう》近くの木の枝《えだ》に、目印《めじるし》の布をつけなかったのを思い出したのだ。

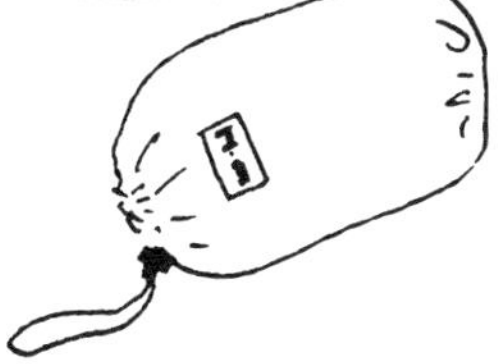

第19章

山荘《さんそう》に残《のこ》る

山荘《さんそう》に残《のこ》ったケンは、剛《ごう》と哲平《てっぺい》にバスに乗っていくようにいうと、屋根裏《やねうら》への階段《かいだん》を登っていった。二人とも、バスなら十五分くらいでらくらく着けるのに、歩いていくなんて何をいいだすんだと思っていた。

山道ならともかく、歩いていくのはただの車道で、おもしろくも何ともない。除雪《じょせつ》されているが、ふつうの舗装道路《ほそうどうろ》よりは、つるつるしてすべりやすい。歩くのに、ずっと時間がかかる。

それに、きょうはユウ兄と勇《いさむ》兄もいっしょに行くことになるかもしれないのだ。ケンは自分一人でも、足手まといにならないか心配していた。剛《ごう》と哲平《てっぺい》までいっしょに行くなんて考えられない。あんな長い道のり、あの二人がただもくもくと歩けるはずがない。とちゅうで、遊びだすに決まっている。そうすると、ますます時間がかかる。

けれど、ユウ兄と勇《いさむ》兄のことだ。剛《ごう》と哲平《てっぺい》もいっしょに、ゆっくり行くのは気にしないだろう。問題は、ユウ兄たちが、いつ下山してくるかわからないことだ。

せっかくメモに、山をおりたらニョロニョロを見に行きたいので、よろしく、と書き残《のこ》していったのだ。いっしょに行けたら、どんなにいいだろう。

ユウ兄たちはニョロニョロがやってくる場所を知らないから、だれかが案内《あんない》してあげなくてならない。そして、ケンはきょう、自分がその役目をするんだとはりきっていた。

でも、かんじんのユウ兄たちが帰ってこないのでは、どうにもならない。父さんやみんながふしぎの山に登り始めるのに間に合うぎりぎりの時刻《じこく》まで待つ。十一時が限度《げんど》だ。それまでに、二人とも帰ってきてほしい。

しかし、そこに剛《ごう》と哲平《てっぺい》が加《くわ》わるとなると、話はちがってくる。十一時まで待っていたら、十二時までに、阿部《あべ》さんの家に着けない。へたしたら、十時半には出なくてはならない。その三十分の間に、ユウ兄たちが帰ってくることだってありうる。それで、ケンはぎりぎりまで待ちたいので、剛《ごう》と哲平《てっぺい》に先にバスで行きなよといったのだ。

屋根裏《やねうら》のテントの中は、朝、剛《ごう》と哲平《てっぺい》が起きたときのままになっていた。いつもは毛布としきものは広げたままにしておくが、寝《ね》ぶくろと上にかける毛布だけは、テントのすみにかたづけることにしていた。けれど今朝は、かたづける時間もなかったのだろう。

ケンは二人の寝《ね》ぶくろを丸め、毛布としきものをたたんだ。テントのおかげで、すきま風がふきこむような屋根裏《やねうら》で寝《ね》ていても、寒くなかった。

でも、屋根《やね》のある家の中にはったテントで寒いなんていったら、話にならない。登山家は冬、雪の上に直接《ちょくせつ》テントをはって泊《と》まるんだから。テントの上にも、雪はたくさん積《つ》もるだろう。ケンは、ユウ兄たちが帰ってきたら、山の話や山で泊《と》まったときの話を聞かせてもらうのを楽しみにしていた。

階段《かいだん》をおりたり登ったりして、寝《ね》ぶくろや毛布などを次々に二階《かい》に運んだ。はしごのように急な階段《かいだん》なので、片手はふみ板や側面《そくめん》の板につかまりながら、おりなくてはならない。いっぺんにたくさんの物を運ぶことができなかった。

テントの中を空にすると、次はテントを倒《たお》してたたむことにした。長いポールを、一人でテントの天井《てんじょう》にある細いふくろを通して取り出すのは、なかなか骨《ほね》が折《お》れた。

ポールは何本かの棒《ぼう》が組み合わさって一本になる。中にゴムが通っていて、それによって棒《ぼう》がばらばらになるのを防《ふせ》いでいる。ただゴムでつながっているだけなので、引っぱって取ろうとすると、ゴムが伸《の》びていたんでしまう。片側《かたがわ》から押《お》して、反対側《がわ》から折《お》りながら取り出さなくてはならなかった。

二人いれば、押《お》す人と、反対側《がわ》でポールを折《お》る人とに分かれるので簡単《かんたん》だが、ケンは一人なので、あっちに行ったり、こっちに来たりして、両方やらなくてはならなかった。

ようやく、ポール二本をふくろにしまった。あとは、テント本体をたためばいい。これも、二人いれば、四角形から順々《じゅんじゅん》に角を合わせて折《お》りたためばいいけれど、一人なので、時間をかけて、なるべくぴしっとなるように気をつけた。

屋根裏《やねうら》のテントをすべてかたづけて、一階《かい》におりると、十時半近くになっていた。

ケンはそれに気づくと、少しあわててしまった。こんなに時間がすぎていたとは思ってもいなかった。それと同時に、こんな時刻《じこく》になっても、まだユウ兄たちが帰ってきてないこともわかった。

山荘《さんそう》で待つぎりぎりの時間まで、あと三十分だ。外に行くのに、上着やズボンを着こんだり、戸締《とじ》まりをしたりすることを考えると、予定の十分前にはしたくを始めないとならない。きょう、ユウ兄たちもいっしょにニョロニョロを見に行くのは、かなり無理《むり》そうだ。

一階《かい》のほりごたつの部屋に、山に持っていく荷物を取りに行ったときだ。奥《おく》の部屋から、『大きなのっぽの古時計』のメロディーが聞こえてきた。携帯《けいたい》に電話がかかってきたのだ。

ケンはその音にすごくおどろいたが、同時にああよかったと思った。ふだん携帯《けいたい》なんて使ったことがないので、そこに携帯《けいたい》があることすら、すっかりわすれていた。

トキ子おばさんからの知らせを聞いて、ケンはさらによかったと思った。もうちょっとで、こんなに大幅《はば》に予定が変更《へんこう》になったことも知らずに、山荘《さんそう》を出てしまうところだった。

そうしたら、阿部《あべ》さんの家に着くまで、ふしぎの山に登るのが中止になったのを知らないでいることになる。そして、うまく十二時に着ければいいけど、おくれたら、みんなが乗るバスに間に合わなくて、次の四時のバスまで一人で待たなくちゃならなかった。こういうときのために、トキ子おばさんは携帯《けいたい》をかしてくれたのに、本当にドジだった。

そして、ケンは続《つづ》いて聞いた知らせに、飛び上がりそうになった。最高《さいこう》にうれしいニュースだった。お正月すぎまで、山荘《さんそう》にいられる。それも、父さんも母さんも、ヤエ子おばさんや哲《てつ》おじさん、明《あきら》おじさん、みんないっしょに。

つい今さっき、ユウ兄たちもいっしょにニョロニョロを見に行くのは無理《むり》そうだと思ったばかりだった。けれど、急にまた行ける可能性《かのうせい》がでてきた。

ケンは電話を切ったあと、山荘《さんそう》の中で、一人ではしゃぎ回りたい気分だった。こんなことなら、剛《ごう》と哲平《てっぺい》を先に行かせなくてもよかった。

それから、みんなが帰ってくるまでに、何かしておくことはないかと考えた。

まず、ストーブに火をつけよう。出かける予定だったので、火は朝のうちに消してあった。火がついたら、湯をわかそう。ナベで甘酒《あまざけ》を煮《に》て、ヤカンの湯で紅茶《こうちゃ》かお茶をいれよう。雪の中から帰ってくる人には、温かい飲み物が一番だ。

ケンは、一人しかいない山荘《さんそう》で、着々とみんなをむかえる準備《じゅんび》を整えた。

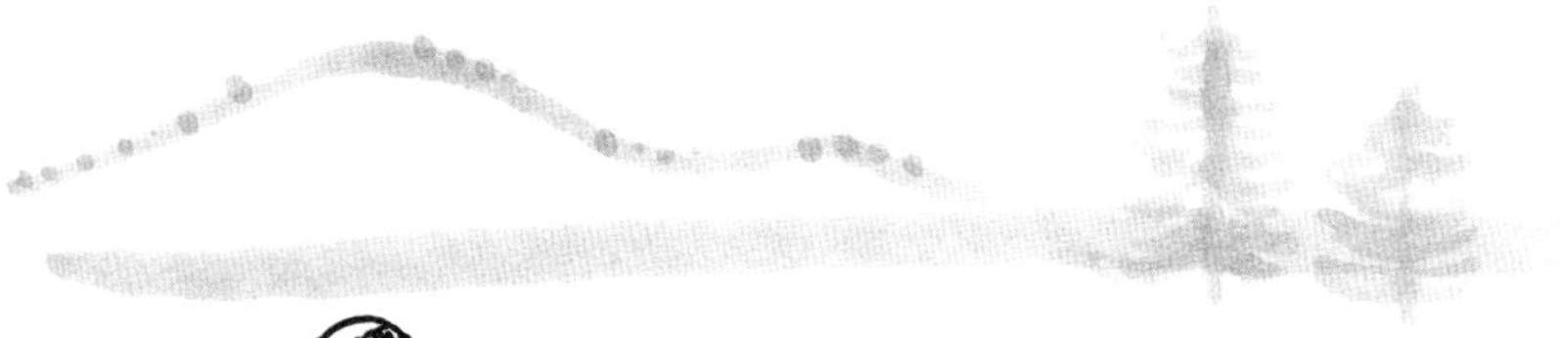

第20章
二人の行方《ゆくえ》

ケンが一人でいた山荘《さんそう》のドアを、最初《さいしょ》に開けたのは、ユウジと勇《いさむ》だった。時刻《じこく》は十二時十五分すぎ。二人ともものすごく大きなリュックを背負《せお》って、帽子《ぼうし》や防寒着《ぼうかんぎ》にたくさんの雪をつけている。

「とうとう雪がふってきちゃったよ」

ユウジの言葉に、ケンは戸口から外を見た。

「あっ、本当だ。いつの間にふりだしたんだ。きょうニョロニョロ見に行くの中止になってよかったよ」

それから、ケンはユウジと勇《いさむ》にお帰りなさいをいい、今晩《こんばん》父さんたちがやってきて正月すぎまでいることや、ニョロニョロを見に行くのが延期《えんき》になったことを話した。

「おっ、よかった。おれらもそのニョロニョロっていうの見てから帰ろう」ユウジがいった。

「まだここにいるなら、風呂《ふろ》入りに行こうぜ。むさ苦しいと女の子たちにきらわれるからな」といって、勇《いさむ》が笑《わら》った。

「よし、きょうこれから風呂《ふろ》入りに行くか」

二人は話しながらも、手ぶくろ、帽子《ぼうし》、上着、ズボン、と次々にぬいで、板じきに置《お》いたり、ロープにかけていった。

ケンは、身軽になった二人をしげしげと見つめた。

「なんだか夏とは感じがちがうね」

「そうか。十日も山にこもってたんで、ヒゲも伸《の》びたしな」

ユウジは、あごのあたりをさわった。それから、ケンを見て、いった。

「お前も、背《せ》が伸《の》びたんじゃないか」

「えっ、ほんとかなあ」

ケンはテレたように笑《わら》った。この山荘《さんそう》で、いとこのお兄さんにふたたび会えたことが、気はずかしくもうれしかった。


そのときだった。また山荘《さんそう》のドアが開き、風や雪とともに、トキ子おばさんと女の子たち一行が、なだれこむようにして入ってきた。

「あっという間に吹雪《ふぶき》になっちゃった」

「部屋を暖《あたた》めといてくれて、ありがとう」

「あっ、いいにおい。甘酒《あまざけ》作ってくれたの」

「みんなで温泉《おんせん》に入ってきたから、湯冷《ゆざ》めしないかって心配してたんだ」

ジュン、トキ子おばさん、若葉《わかば》、亜季子《あきこ》が次々に話し、山荘《さんそう》の中は急ににぎやかになった。五人は手ぶくろだけはずすと、ストーブを囲《かこ》んで、火のほうに手を伸《の》ばした。

そのあと、トキ子おばさんは、ユウジと勇《いさむ》に気づいて、いった。

「ああ、ユウジ君たち下山してたのね」

「はい。ちょっと前に帰りました」ユウジがうなずいた。

「お帰りなさい」

女の子たちが声をそろえていったのと、トキ子おばさんが首をかしげて聞いたのは、ほぼ同時だった。

「あんなにお兄さんたちに会うのを楽しみにしていたのに、あの二人、どこに行っちゃったの？」

「あの二人？」ケンが聞き返した。

「剛《ごう》と哲平《てっぺい》よ」

「えっ」と、ケンはけげんそうな顔をした。

「ここにはいないよ。みんなといっしょにバスで行ったきりだよ」

「ウッソー」と若葉《わかば》がいった。

「二人とも、ケン兄といっしょに行くって、もどっていったよ」亜季子《あきこ》もいう。

「もどってきたけど、ユウ兄たちのこ
とぎりぎりまで待つから、バスで行
けっていったんだ」
「二人とも、バスには乗らなかった
よ」ジュンがいった。
「エーッ。じゃあ、剛《ごう》と哲平《てっぺい》、今どこ
にいるんだ」
ケンは首をかしげた。みんなは少し
の間、だまって考えこんだ。
やがて、トキ子おばさんが聞いた。
「バスの発車が九時だから、それから
三時間半、あの子たちを見た人はだれ
もいないってこと？」
次の瞬間《しゅんかん》、
「大変《たいへん》だ」とケンは大声をあげた。
「もしかして、二人でふしぎの山に

行ったんじゃないか。急いでさがしにいかなきゃ」

ケンはひもにかけてあった防寒着《ぼうかんぎ》を、あわてておろした。

「さがしに行くって、どこへ？」トキ子おばさんが聞いた。

「ふしぎの山だよ」

「エー！」「この吹雪《ふぶき》の中？」

女の子たちが口々に声を上げた。

「ふしぎの山って、遠いのか？」ユウジが聞いた。

「歩いていくと、ふもとまでも一時間。そこから山頂《さんちょう》まで登るのに、一時間から一時間半かかる」

「ほんとに、二人がそこに行ったのは確《たし》かなのか？」勇《いさむ》が聞いた。

「きょう中止になったの、二人とも知らないんだ。それしか考えられないよ」

「よし、ぼくらもいっしょに行こう」

ユウジがいった。

「ふもとの村までは歩かなくても、一時にバスが通るよ」亜季子《あきこ》がいった。

「あと何分ある？」とユウジが聞いた。

「二十分」

それがわかると、ユウジと勇《いさむ》、ケンは大急ぎで、行くしたくを始めた。十分後には、山《さん》荘《そう》を出発しなくてはならない。

あわただしく用意を整えている三人に向かって、トキ子おばさんが聞いた。

「あなたたち、昼ごはん食べたの？　わたしたちはまだなんだけど」

「ううん」「食べてない」

三人とも、首をふる、
けれど、今食べている時間はなかった。持っていって、バスの中で食べることにした。

そして、トキ子おばさんは、昼ごはんといっしょに、ケンが煮《に》ていた甘酒《あまざけ》も保温水筒《ほおんすいとう》に詰《つ》めてわたした。


「それじゃあ、行ってきます」

十二時五十分、ユウジと勇《いさむ》とケンは山荘《さんそう》を出た。

トキ子おばさんと亜季子《あきこ》、ジュン、若葉《わかば》は、戸口で三人を見送った。

「携帯《けいたい》は持ったわね？」

しばらくして、トキ子おばさんが大声で聞いた。吹雪《ふぶき》の中で、三人のすがたはぼんやりとしか見えなかった。

「うん。持ったー」ケンから答えが返ってきた。

「ぼくたちも持ってるけど、ずっと山に行ってたんで、もうあまり電池は残《のこ》ってません」

ユウジもいった。

「何かあったら、すぐに連絡《れんらく》してね」

「わかりました」

トキ子おばさんと女の子たちは、三人のすがたが完全《かんぜん》に見えなくなるまで、見送っていた。


「中に入ろう。あとはあの三人にまかせるしかないわね」

とうとう、トキ子おばさんがいった。

四人は中に入ると、ドアをしめた。

「剛《ごう》と哲平《てっぺい》がここにいないなんて、思ってもいなかった」

トキ子おばさんは、ストーブの前にすわった。

「あの二人、阿部《あべ》さんの村まで歩いていったんだ」亜季子《あきこ》がいった。

「哲平《てっぺい》、あんなところまで歩けたかなあ」若葉《わかば》が心配そうな顔をする。

「でも、こんな吹雪《ふぶき》の中、ふしぎの山に登るかな」ジュンが首をかしげる。

「もし登ってないなら、ここに向かって歩いているとちゅうで、ケン君たちに発見されるわね」トキ子おばさんがいった。

心配していてもしかたないので、四人は昼ごはんを食べ、そのあと、今晩《こんばん》ここに集まってくるみんなのために、夕飯のしたくにかかることにした。

ジャガイモ、ニンジン、タマネギ、キャベツ、セロリ、トマト、コーン缶《かん》、ベーコン、残《のこ》っている野菜《やさい》をふんだんに入れたクリームシチューだった。

作っているうちに、一時半になった。けれど、だれからも何の連絡《れんらく》もなかった。バスは、もう阿部《あべ》さんの家のある村に着いているはずだ。つまり、そこまでの道で、剛《ごう》と哲平《てっぺい》は見つからなかったことになる。

ドアを開けて外を見ると、今も吹雪《ふぶ》いている。

「おじさんに連絡《れんらく》したほうがいいんじゃない」亜季子《あきこ》がいった。

「もう少し待ってみるわ。あわてて運転して、事故《じこ》でも起こすと大変《たいへん》だから。それにいくら急いでも、夕方おそくにしか着けないしね」とトキ子おばさんはいった。

第21章
ニョロニョロをさがして

みるみるうちに、雪のふりははげしくなった。剛《ごう》と哲平《てっぺい》は、だれの足あともない、ふかふかの雪の斜面《しゃめん》を下っていった。

雪の上に、足をまっすぐにかかとからおろすと、すーすーっとすべるように下れる。万が一、何かの拍子《ひょうし》にころんだとしても、雪がふかふかなので、まったくいたくない。

少し下ったところで、剛《ごう》は立ち止まり、後ろをふり返って、今下ってきた斜面《しゃめん》を見上げた。ガスでけむっている上に、雪の粒《つぶ》が空からたえまなく落ちてくる。さっきまでよりも、かなり見通しはきかなくなった。山頂《さんちょう》も、山頂《さんちょう》近くの木につけた目印《めじるし》の赤布も、何も見えない。

それに気がつくと、

「おーい、哲平《てっぺい》。ちょっと待てよー」と、大声でよびかけた。

「きれで目印《めじるし》つけながら行くぞ。ニョロニョロが見つからなかったら、もどらなくちゃなんないから」

「エーッ。もどるの？」

「わかんないよ。ここからはもう下らないで、横に歩いていこう。下りすぎると、あとで登るの大変《たいへん》だから」

剛《ごう》は手ぶくろをはずして、木の枝《えだ》に黄色の布を結《むす》びつけようとした。素手《すで》になると、じきに指先がこごえてうまく指が動かなくなった。

指先に息をふきかけて、やっと結《むす》び終えると、哲平《てっぺい》のすがたが見えなくなっていた。

「哲平《てっぺい》ー」剛《ごう》はおこって、一声大きくさけんだ。

「ここだよ」少し先の下のほうから、声が聞こえた。

「そこで、じっとしてろ」

剛《ごう》は、山の腹《はら》を横切るように進んでいった。雪のヴェールの向こうに、哲平《てっぺい》のすがたが見えた。剛《ごう》より、数メートル下の斜面《しゃめん》を歩いている。

「剛《ごう》がおそいから、寒くなっちゃったよ」

「しょうがないだろ。目印《めじるし》つけなきゃなんないんだから。お前、それより下るなよ」

二人は少しずれたまま、横に進んでいった。

「あっ、洞《どう》くつがあるよ」とつぜん、哲平《てっぺい》が下のほうを指さした。

「どこだよ。そんなもの見えないよ。それにこんなに近くじゃなかったよ」

「ぼく、見てくる」哲平《てっぺい》はそういうなり、下に向かって足をふみ出した。

「ちょっと待てよ。止まれよ」剛《ごう》はさけんだ。

「足が勝手に動いちゃうんだよ」

哲平《てっぺい》は、雪とガスの中に吸《す》いこまれるように、見えなくなった。

「ここに赤いきれ、結《ゆ》わえていくから、洞《どう》くつのところで待ってろよ」

剛《ごう》は、ふたたび大声でさけんだ。


哲平《てっぺい》の足あとは、下へ下へと続《つづ》いていた。あいつったら、勝手なことばかりするんだから。剛《ごう》は、心の中で文句《もんく》をいいながら、足あとをたどった。

けれど、足が勝手に動くというのは当たっていた。斜面《しゃめん》が急なので、足を下の雪に置《お》くと、たった一歩で、そのままずーっと三十センチくらいおりてしまう。足を出すごとに、おもしろいようにぐんぐん下れる。

雪とガスの中に、ぼんやりと何か大きいかたまりが見えた。洞《どう》くつのある大岩だった。けれど、剛《ごう》は一目見て、それはニョロニョロのいるところじゃないとわかった。ニョロニョロの洞《どう》くつは、もっと小さかった。

哲平《てっぺい》は洞くつの前で、寒そうに体を丸めて待っていた。

「ニョロニョロはいない。ただの岩だよ」

「哲平《てっぺい》、もう先に行くな。今度勝手に行ったら、お前のこと放って、ぼく一人で行くぞ」

剛《ごう》はおこっていった。

「わかった」

「じゃあ、またきれを結《むす》ぶから、そこで待ってろよ」

手ぶくろをはめていても、指先が冷《つめ》たくなっていた。剛《ごう》は手ぶくろをしたまま、赤布を木の枝《えだ》に結《むす》びつけようとした。

ところが、一重に結《むす》ぶのは何とかなるが、もう一重結《むす》ぼうとすると、うまくいかない。厚手《あつで》の布の両はしを交差《こうさ》させて、あなの中に片方《かたほう》のはじを入れようとしても、入らない。

手ぶくろをはめたままでは、細かい作業ができないのだった。

剛《ごう》は、しかたなく手ぶくろをはずして雪の上に置《お》くと、素手《すで》でもう一度結《むす》んだ。今度は

うまくいった。

そう思ったときだ。とつぜん正面から強風がふきつけた。剛《ごう》は、雪が目玉に当たらないように目をつむった。

「あっ、剛《ごう》。手ぶくろ」

哲平《てっぺい》の声で目を開けると、今さっき足もとに置《お》いた黒い手ぶくろが、風にさらわれて、下に向かって飛ばされていくところだった。

剛《ごう》はあわてて、飛びつくようにして片方《かたほう》の手ぶくろをつかんだ。そこで手ぶくろをはめている間に、もう片方《かたほう》は、さらに下へ飛ばされてしまった。

「哲平《てっぺい》、ここで待ってろよ」

剛《ごう》はそういうと、急ぎ足で斜面《しゃめん》を下って、手ぶくろを追いかけた。ちょっと手ぶくろをはずしているだけでも、こんなに手が冷《つめ》たくなるのだ。絶対《ぜったい》になくすなんてできない。

だいぶ下ったところにある木の幹《みき》に、手ぶくろはりつくようにして止まっていた。ああ、よかった、なくならなくて。剛《ごう》はホッとしながら、冷《つめ》たくて感覚《かんかく》がなくなった左手に手ぶくろをはめた。手ぶくろをはめても、指先がじんじんとして、いたいくらいだ。

しばらく、手ぶくろをはめた左右の手をこすり合わせてから、元いたところにもどろうとしたときだ。

「剛《ごう》ー、どこにいるのー？」

思いのほか近くで、哲平《てっぺい》の声がした。

「来なくていいぞー。そこで待ってろ」剛《ごう》は上に向かってさけんだ。

しかし、すでにおそかった。剛《ごう》の歩いたあとを、哲平《てっぺい》がすべるようにしておりてくるのが見えた。

哲平《てっぺい》は剛《ごう》のところまでやってくると、

「手ぶくろ、ずいぶん下に飛ばされたね」といった。

剛《ごう》は哲平《てっぺい》ののんびりしたいい方にも、ちっともいうことを聞かないことにも、ムカついた。そして、おこりながらいった。

「さっきのところまでもどるぞ」

それと同時に、腕《うで》時計を見た。

一時半。それがわかった瞬間《しゅんかん》、剛《ごう》は心臓《しんぞう》がドキンとした。お母さんやケン兄や、ほかのみんなは、そろそろふしぎの山の頂上《ちょうじょう》に登り着いてしまったころかもしれない。

「急がなきゃ」

剛《ごう》は、あわてていった。

第22章

雪の山でさまよう

「さっきの岩のところまで登ろう」

剛《ごう》にいわれ、上にいた哲平《てっぺい》が先頭に立った。けれど、さっきはおもしろいようにぐんぐん下れた山の斜面《しゃめん》も、登ろうとしたときには、手ごわかった。

哲平《てっぺい》は片方《かたほう》の足をひざより高く持ち上げて登ろうとした。ところが、足を置《お》いた雪がくずれて、また元のところにおりてしまう。

そんなことを二、三回くり返すのを見て、

「ぼくが先に登るよ」と剛《ごう》が先頭を代わった。

かんじきの輪《わ》を、雪にけりこむ。それでもだめなら、ひざで前の雪を押《お》して、段《だん》を作って、そこに足を乗せる。

いいぞ。少し登れた。剛《ごう》は一歩ずつそれをくり返し、しだいに上へと登っていった。

もう少しで、さっきの岩にたどり着くというときだった。

「ねえ、向こうに別《べつ》の岩が見えるよ。ニョロニョロのじゃない？」

哲平《てっぺい》が、後ろから声をかけた。

剛《ごう》が目を向けると、斜《なな》め上のほうにぼんやり岩らしいものが見えた。

「ちょっと休もう」

そこで、剛《ごう》は立ち止まった。ずっと先頭で登ってきたので、息切れしていた。おまけに、足も体もつかれていた。これからどっちに進んで行くか、休みながら考えようと思った。


剛《ごう》が腕《うで》時計を見ると、また時間はすぎ去り、二時になっていた。さっき、一時半だとわかったとき、剛《ごう》は哲平《てっぺい》がニョロニョロの洞《どう》くつとかんちがいして、おり始めたところまでもどろうと決めていた。こんな風に、雪がふってまわりの景色《けしき》がよく見えないときに、道なんかない雪の山をめちゃくちゃに歩いていたら、どこにいるかわからなくなってしまう。

ところが、今はまた別《べつ》の考えがうかんだ。

「哲平《てっぺい》、あれがニョロニョロの洞《どう》くつなら、今ごろお母さんたちがいるかもしれない。大声でみんなの名前をよんでみよう」

哲平《てっぺい》と剛《ごう》は、トキ子おばさん、ケン、若葉《わかば》、亜季子《あきこ》、ジュンの名前を次々によんだ。よびながら剛《ごう》は、リュックからチョコレートと水筒《すいとう》を取り出した。

「だれの声も聞こえないね」哲平《てっぺい》がいった。

みんなはもう、ニョロニョロのところを通りすぎちゃったのか、これから行くところなのか、それともこんなに雪がふってきたから、やめてしまったのか。

やめたんだとしたら、自分たちも急いで帰らなくちゃならない。剛《ごう》はそう考えながら、少しぬるくなった紅茶《こうちゃ》とチョコレートを、哲平《てっぺい》とわけ合って飲んだり、食べたりした。

おなかの中は少し暖《あたた》まったが、立ち止まっていたので、体はふるえるほど寒くなった。

「もうニョロニョロ見ないでいいから、帰ろうよ」とつぜん、哲平《てっぺい》がいった。

「ニョロニョロの洞《どう》くつを見つけるか、頂上《ちょうじょう》までもどらないと、帰り道がわからないよ」

そして、剛《ごう》には、ニョロニョロの洞《どう》くつを見つけるよりは、頂上《ちょうじょう》にもどるほうが確実《かくじつ》なのはわかっていた。今来た道をたどればいい。足あとも残《のこ》っているし、目印《めじるし》の布もある。にもかかわらず、哲平《てっぺい》が見つけた岩のほうに行くことにしたのは、あの岩がニョロニョロの洞《どう》くつならいいと、つい期待してしまったからだ。

とてもつかれていた。それ以上《いじょう》に寒かった。雪は、全然《ぜんぜん》やみそうもない。風のせいで、真横からふきつけてくる。これから山頂《さんちょう》まで登り返すなんて、大変《たいへん》すぎる。

剛《ごう》は、さっき下ってきたところをはなれ、何のふみあともない雪の斜面《しゃめん》を、斜《なな》めに登っていった。雪が深いので、足を持ち上げても、雪の上に出ない。まず体全体で雪に倒《たお》れこむようにして雪を押《お》しつぶし、それから足を置《お》く。

少し進むのにも骨《ほね》が折《お》れた。あとどのくらいだろうと思って、先を見ても、ほとんど近づいたように見えない。

剛《ごう》はときどき、歩きながら、

「オーイ」とさけんだ。さっきは近くにいなかったみんなも、今ならいるかもしれない。

哲平《てっぺい》もそれにつられて、

「オーイ」「ケン兄ー」「お姉ちゃーん」と大声でさけび続《つづ》けた。


全身で、雪の中を泳ぐようにして、ようやく岩に登り着いた。が、そこもニョロニョロの洞《どう》くつではなかった。哲平《てっぺい》が、

「あーあ」と、ガッカリしたような声を出して、すわりこんだ。

「ニョロニョロも、みんなも、どこにいるんだよ。もう歩けない」

哲平《てっぺい》のつかれ切った様子を見て、剛《ごう》はこんなことなら、さっきのところから頂上《ちょうじょう》にもどればよかった、と思った。そのほうがまだ、短い時間で山頂《さんちょう》までもどれた。

そのとき、あたりを見わたした剛《ごう》の目に、また別《べつ》の岩らしいものがぼーっと見えた。斜《なな》め下の斜面《しゃめん》だ。かなりはなれている。けれど、剛《ごう》はそれを見に行くことは考えず、

「もどろう」といった。

岩かどうかもはっきりわからないのに、これ以上《いじょう》下ってちがっていたら、今度こそもうもどれなくなる。

でも、もどるっていったって、どうもどるんだ。今斜《なな》めに登ってきたところをまた下って、さっきとちゅうまで登ったあとに出合ったら、まっすぐに登る。それから横に歩いて、また登ると、ふしぎの山の頂上《ちょうじょう》に出るはずだ。これで、本当に合っているのかわからなくなったが、行けば足あとがあるから何とかなるだろう。

剛《ごう》がそう考えていると、

「もう歩けない」と、哲平《てっぺい》はいった。

「歩かなきゃ、帰れないよ」

ところが、哲平《てっぺい》は首をふると、何もいわずに下を向いた。

剛《ごう》は、しかたなくリュックをおろし、チョコレートとアメを出した。そして、

「食べろよ」といって、チョコレートを哲平《てっぺい》

にわたし、自分も食べた。それから、アメをポケットに入れるように、いった。

「アメなめると元気が出るんだ。夏、ケン兄と山でカミナリにあったときにもそうした」

哲平《てっぺい》はうなずいて、ポケットにしまった。

それから剛《ごう》は、リュックの中にしきものがあるのに気づき、それを取り出した。

「哲平《てっぺい》、これ頭からかぶって、ここにいろ」

「剛《ごう》は？」哲平《てっぺい》が顔を上げて、聞いた。

「さっき、岩みたいなのが見えたんだ」

剛《ごう》は斜《なな》め下を指さした。今はまた、雪のせいで、影《かげ》すら見えない。

「ぼくも行く。下なら行ける」

「いや、哲平《てっぺい》はここにいろ。ニョロニョロの洞《どう》くつじゃなかったら、またここまで登らなきゃなんないから。ぼく一人で見に行くよ」

剛《ごう》はそういうと、一人で下り始めた。

下りながら腕時計《うでどけい》を見た。すでに三時になっていた。山荘《さんそう》まで帰る最後《さいご》のバスまで、たったの一時間しかない。

山頂《さんちょう》まで登り返したら、絶対《ぜったい》にバスには間に合わない。バスに乗れないと、あの長い道を、また一時間以上《いじょう》かけて歩かなきゃならない。

でも、もしあれがニョロニョロの洞《どう》くつならどうだ。ぎりぎり、バスの時間に間に合うかもしれない。

剛《ごう》は大急ぎで下っていった。近くまで行ってみると、それは大きな岩だった。岩を回りこんで、下におりた。岩の下の部分は、洞《どう》くつになっていた。

もしかしてニョロニョロはいないか。剛《ごう》は期待しながら、入り口の前の雪を手でどけた。けれど、ちがった。ようやく中が見えるようになったが、そこには、ただ天井《てんじょう》から氷柱《つらら》がたれ下がっているだけだった。下にはニョロニョロなど一つもない。

剛《ごう》はガッカリして、洞《どう》くつの前にすわりこんでしまった。

「剛《ごう》ー、剛《ごう》ー」

ふと気がつくと、哲平《てっぺい》の声が聞こえた。

剛《ごう》が声のするほうをふりあおいでみたが、洞《どう》くつがじゃまをして、哲平《てっぺい》のすがたは見えない。

そうだ。いつまでも哲平《てっぺい》を一人にはしておけない。そう思って、剛《ごう》が立ち上がったときだ。岩の横を、哲平《てっぺい》が下ってくるところだった。

「なんでおりてきちゃったんだよ」

「だって、ぼくを置《お》いてどこかに行っちゃうから」哲平《てっぺい》は泣《な》きだしそうだ。

剛《ごう》は、まったくいうことを聞かない哲平《てっぺい》に、本当に頭にきていた。だけど、時間がないからと、哲平《てっぺい》一人をおいて、あわてておりてきた自分もいけなかったのだ。

「ごめん。ニョロニョロがいなかったら、すぐにもどるつもりだったんだ」

そして、これでまた帰るのが大変《たいへん》になったと思い、剛《ごう》はため息をついた。

そのときだった。

「あー、この間最後《さいご》にみんなでおりて、ニョロニョロがいないか見に来た洞《どう》くつだ」

哲平《てっぺい》がびっくりしたような声を上げた。

「最後《さいご》に？」

「うん。それで、ずるずるするところ登って、少し歩いたら、行きに通った道に出た」

剛《ごう》はもう一度、じっくりと洞《どう》くつを見てみた。本当《ほんとう》にこれは、あの日ニョロニョロを見たあと、ここにもいないかと思っておりてきた洞《どう》くつだろうか？　そういわれてみると、似《に》ているような気がする。でも、こんな氷柱《つらら》がたれ下がっている洞《どう》くつは、この山にいくつもありそうだ。

「あのときも、ほかの細い木にぐるぐる巻《ま》きにされた木があったんだ。ほら、これだよ」

哲平《てっぺい》が、近くの木を指さした。

剛《ごう》には、まったく見覚《みおぼ》えがなかったが、少しの間考えてから、いった。

「よし、わかった。じゃあ、ここをまっすぐに登っていこう」

自分では、本当にあの洞《どう》くつなのか確信《かくしん》は持てなかった。が、哲平《てっぺい》は相当自信があるようだ。哲平《てっぺい》のいうことにかけてみようと思った。

ところが、ただまっすぐに登るというのが、簡単《かんたん》にはいかなかった。哲平《てっぺい》が、登ろうとすると、ずるずるするといったように、まったく登れずにすべり落ちてしまう。

けれど、ここを登らないことには、どうにもならない。剛《ごう》はさっきのように、ひざを前の雪に押《お》しつけ、一歩登っては休み、一歩登っては休みして、少しずつ登っていった。

しばらくの間、剛《ごう》は何とかしてここを登ることしか考えていなかった。やがて、

「もうダメ」という声で、初《はじ》めて後ろをふり返った。哲平《てっぺい》は、まだずっと下のほうにいた。

まずい、と剛《ごう》は思った。今ここで哲平《てっぺい》が歩けなくなったらどうなるか。もう三時すぎているし、バスにも間に合わない。いや、バスどころか、四時半ごろには暗くなってきて、山をおりることさえできなくなってしまう。

剛《ごう》は、夏に山に登って、ケン兄がねんざして動けなくなったときのことを思い出した。その瞬間《しゅんかん》、剛《ごう》の頭に、一人で助けをよびに行こうという考えがうかんだ。哲平《てっぺい》はどこかで待っててもらえばいい。といっても、イグルーもない、こんなに雪がふっているところですわっていたら、すぐに雪にうまって、こごえてしまう。雪が当たらないところといえば……。あの洞《どう》くつの中しかない。小さいけど氷柱《つらら》を落としてすわれば、雪はあたらない。

剛《ごう》はそう決めると、たった今登ってきたところを、また哲平《てっぺい》のほうに向かっておりていった。

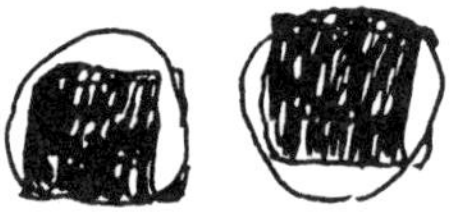

第23章
追跡《ついせき》

バスのフロントガラスに、真っ正面から雪がふきつけてくる。ワイパーがはらってもはらっても、次の瞬間《しゅんかん》にはもう雪がガラスにくっついてしまう。

「ぼくが、バスで先に行けなんていったから、いけないんだ」

ケンはそのことをくやみ続《つづ》けていた。

あのとき、わざわざバスが通っている車道を、剛《ごう》や哲平《てっぺい》までいっしょになって、歩いていく必要《ひつよう》がないと思った。くたびれるだけだ。けれど、今思い出すと、バスが来るまでに時間がなかったので、あまりていねいにそのことを説明《せつめい》してやらなかった。結局《けっきょく》、バスに間に合わず、ぼくが先に行けといったから、二人だけで歩いて行ったのだろう。あのとき、一言つけ加《くわ》えていたら……。

「急いでもバスに間に合わなかったら、もどってこいよ」と。

「だいじょうぶ。三人いれば、すぐにさがしだせるよ」勇《いさむ》がいった。

「ケン、今はあれこれ考えてないで、飯ちゃんと食え。腹《はら》がへっては、動けないぞ」ユウジもいった。

勇《いさむ》もユウジもすでにほとんど弁当《べんとう》を食べ終わっているのに、ケンだけは、まだ半分以上残《いじょうのこ》っていた。

バスをおり、ふしぎの山のふもとに着いた。一時三十分すぎだった。そこで三人は、雪の斜面《しゃめん》につけられた足あとを見つけた。確《たし》かに、だれかがふしぎの山に登っていったのだ。

「こんな雪の中、剛《ごう》と哲平《てっぺい》だけで、山に登っていったりするかなあ」

ケンは、雪で数メートル先までしか見えない山を見上げた。

「きょう、午前中はまだ雪がふってなかったよ」

「とにかく急いで登ってみよう。いそうもなかったら、また別《べつ》の場所をさがそう」

勇《いさむ》とユウジがいった。

ケンはそこでかんじきをはき、ユウジと勇《いさむ》も、登山用のアルミ製《せい》のわかんをはいた。

ユウジ、ケン、勇《いさむ》の順《じゅん》で登り始めた。雪の上についた足あとをたどっていくと、二時ちょっとすぎに平らなところに登り着いた。

ケンはそこに着くなり、

「あっ」と声を上げた。

「剛《ごう》たち、やっぱりここに来たんだ」

ユウジと勇《いさむ》が、なぜだという顔でケンを見る。

「この赤布、きっと剛《ごう》がつけたんだよ。きのう、吹雪《ふぶき》の雪山では、こういうのつけて登るって教えてやったんだ」

「よし。でかした。それなら簡単《かんたん》に二人とも見つけだせるぞ」とユウジは笑《わら》った。

ケンはユウジと勇《いさむ》に、ふしぎの山の頂上《ちょうじょう》まで登ったあと、いったん少し反対側《がわ》におりてから、山の斜面《しゃめん》を横に進んで今いるこの場所にもどってくることを教えた。そして、「足あとがないから、二人はまだ山にいるんだ」とつけ加《くわ》えた。

「こんなに目印《めじるし》をつけて登ったんなら、すぐ見つかるな」

ふたたび山頂《さんちょう》を目ざして登りながら、ユウジはいった。

けれど、そう思えたのも山頂《さんちょう》までだった。剛《ごう》と哲平《てっぺい》が、そこまで登ってきたのはまちがいない。だいだい色の布が、山頂《さんちょう》近くの木の枝《えだ》に結《むす》びつけられていた。

問題は、そこから先だった。今まで雪がふっていたにもかかわらず、ちゃんとついていた足あとが、急にはっきりしなくなった。足あとの上に、雪が積《つ》もってしまったのだ。

「ニョロニョロの洞《どう》くつって、こっちの方向か？」

ユウジが山頂《さんちょう》を越《こ》えた斜面《しゃめん》を指さした。

「うん」と、ケンはうなずいた。

二時二十分すぎ、三人は山頂《さんちょう》をあとにした。雪にわずかに残《のこ》るへこみだけをたよりにして、三人はそのあとをたどった。

しばらく行くと、黄色の布が見つかった。今たどってきたあとは正しかったのだ。

「ニョロニョロのところに行くには、このあたりから横に進むんだよ」とケンがいった。

ところが、そちらの方向に足あとらしいものは、まったく見あたらない。かろうじて下に向かって、雪にすじのようなものがついているが、それだって、足あとといえるほどはっきりしていない。

「とりあえず、ニョロニョロの洞《どう》くつさがしてみたらどうかな。あの二人の目的《もくてき》地はそこなんだから」勇《いさむ》がいった。

「よし。ここに、ぼくらも目印《めじるし》つけていこう。下っていったようなあとがあるから、洞《どう》くつにいなかったら、またもどってこよう」

ユウジは、上着のすそをめくって、ズボンのひもについている赤布のたばの中から、一本だけ取り出した。そして、近くにある木の高い枝《えだ》につけた。

ケンはそれを見て、

「へえ、そうやって、木につけるんだ」

といった。赤布は木に結《むす》びつけるのではなくて、布を半分に折《お》って二重にしたものを、ぐるっと木に巻《ま》きつけ、真ん中の輪《わ》の部分に二つの布のはしを通すのだ。

「帰りにはずしていくときには、こうすると、つけるのもはずすのも楽なんだ。剛《ごう》たちの目印《めじるし》、いちいち結《むす》んであるから、時間かかったろうな。手ぶくろもはずさなきゃならないし」とユウジがいった。


ケンは、こんなふうに雪がふる中で、ニョロニョロのいる洞《どう》くつを見つけられるか自信《じしん》がなかった。けれど、山の腹《はら》をたどっていくと、見覚《みおぼ》えのある洞《どう》くつに行きあたった。

ホッとしながら、ケンは洞《どう》くつの前の雪を手でどけた。ユウジと勇《いさむ》は、小さな洞《どう》くつの中をのぞきこんだ。

「へーえ。これがニョロニョロか」

「剛《ごう》と哲平《てっぺい》、ここへは来てないよ。来ていたら、絶対《ぜったい》にニョロニョロが見えるように、前の雪をどけたはずだから」

「まいったな。足あとを見うしなったか」ユウジはそういったあと、

「おーい。剛《ごう》ー、哲平《てっぺい》ー」と、大声でさけんだ。ケンと勇《いさむ》もさけんだ。

けれど、何の返事も返ってこなかった。

「もう一度、さっきの黄色の布がついていたところまでもどろう。下に歩いたようなあと

があったから。たぶん、あのまま下っていったんだ」ユウジがいった。

三人は、そこからまた山の中腹《ちゅうふく》を歩いて、引き返した。歩きながらも、かわるがわる剛《ごう》と哲平《てっぺい》の名前をよび続《つづ》けた。この山のどこかに絶対《ぜったい》に二人はいるのだ。

三時十分すぎ、さっきユウジが赤布を、剛《ごう》たちが黄色の布をつけたところまでもどると、そこから下っていった。雪についたわずかなくぼみが、足あとだと思われた。

しばらく下ったところで、

「あそこに岩がある」と、ケンが指さした。

急いで岩のところまで行ってみると、近くの木に赤布が結《ゆ》わえてあった。三人は、そこでまた、剛《ごう》と哲平《てっぺい》の名前をよんだ。

困《こま》ったのは、そのあとだ。二人が歩いたあとらしいものが、そこでぷっつりととぎれてしまった。間断《かんだん》なくふっている雪をすかすようにして、四方八方目をこらしても、目印《めじるし》の色布はまったく見えない。

「ヤバイな。もう三時二十分だ」

「あと一時間半くらいで日暮《ひぐ》れか」

ユウジと勇《いさむ》は、きびしい表情《ひょうじょう》でいった。

しばらくして、ユウジが聞いた。

「あの二人、ここらあたりで、完全《かんぜん》に道に迷《まよ》ったな。こんなとき、ケンならどうする？」

雪がふっていて、あたりの景色《けしき》がほとんど見えない。見覚《みおぼ》えのある岩をさがそうにも、見通しもきかない。そうしたら、自分がここにいるとわかる場所にもどるしかない。

「ぼくなら、山頂《さんちょう》にもどるな」ケンがいった。

「そうだよな。でも、もどるとなると、登りだから、あのチビたちにどれくらい体力が残《のこ》っていたか」

そういわれてみると、ケンはふもとの村までバスに乗ってきて、ユウジがラッセルしたあとを歩いてきたのに、今はもうかなりつかれていた。

剛《ごう》と哲平《てっぺい》は、自分より体力もないし、山登りの経験《けいけん》もほとんどない。ふもとまで歩いてくるまでにも、相当つかれていたはずだ。山に登ってからも、道がわからなくなって、余《よ》分《ぶん》に歩き回っただろう。歩く力は、もうあまり残《のこ》っていないかもしれない。

そして、そこから三人は、山の斜面《しゃめん》を真横に進んでいくことにした。まっすぐに行くと、最初《さいしょ》に登ってきた山道にぶつかる。おそらく、そこに着くのは、四時ごろになるだろう。

それまでに、二人が見つからなかったら、そこには携帯《けいたい》の電波もあるので、救助《きゅうじょ》をたのもう、と結論《けつろん》を出した。

第24章

待つ

剛《ごう》はとほうにくれながら、岩の下のくぼみにすわっていた。となりには、体をくっつけるようにして、哲平《てっぺい》がすわっている。

洞《どう》くつだと思った岩の下のくぼみは、氷柱《つらら》を取っぱらってみたら、全然《ぜんぜん》奥深《おくふか》くはなかった。足をかかえてすわると、足先には雪がふりかかるほどだ。

それでも、ただの雪の上にすわるより風も防《ふせ》げるし、頭の上に雪もふりかからない。剛《ごう》は、シートで入り口をおおった。

この雪の山からぬけ出すには、哲平《てっぺい》をこの岩の下にすわらせておいて、自分一人で助けをよびに行く。それしか方法はないと思った。けれど、哲平《てっぺい》がそうさせてくれなかった。哲平《てっぺい》は泣《な》きながら、

「ぼくを置《お》いてかないで」

といって、剛《ごう》の腕《うで》を強くつかんではなさなかった。剛《ごう》が、

「絶対《ぜったい》にもどってくるから。助けてくれる人をさがしてくるから」

といっても、がんとしてはなさなかった。

一体これから、どうすりゃいいんだ。泣《な》きたいのは、剛《ごう》のほうだ。

時間はどんどんすぎていく。哲平《てっぺい》といっしょに、この洞《どう》くつにもどってきてすわったのは、三時半ごろだった。あれから二十分がすぎ、今は三時五十分だ。ここでじっとしていたら、そのうちにうす暗くなって、それから夜がくる。

夜、と考えただけで、剛《ごう》は身ぶるいが出る。今でも寒くてたまらないのだ。足の先も指の先も、冷《つめ》たいのを通り越《こ》して、じんじんといたいくらいだ。これで夜がきたら、どうなるか。

夏に山でねんざしたとき、ケン兄は一人で野宿するといった。山で野宿なんてできるのかと、剛《ごう》は思った。それが今は、あのときとはくらべものにならないくらい寒い冬だ。

こんなとき、ケン兄ならどうするだろう。ケン兄といっしょなら、道に迷《まよ》ったりしなかった。きょう哲平《てっぺい》と二人だけで、ふしぎの山に登ったりしなければよかったんだ。

そのとき剛《ごう》は、また夏のことを思い出した。ケン兄は、山荘《さんそう》にもどったあと、剛《ごう》と二人で黒岳《くろだけ》や傘岳《かさだけ》に登ったりしちゃいけなかった、といった。

それを聞いて、ユウ兄は、

「始めたことは、あとからくやんでもしかたない。起こったこともしかたない。大事なのは、困《こま》ったことが起きたときに、よく考えて、できるかぎりの行動をすることだ。ケンはそれができたからエライ」といった。

あのときは、ぼくが助けをよびにいって、足がいたくて歩けないケン兄は、山で待っていた。だから、きょう剛《ごう》も、同じことをしようとしたのだ。つかれて歩けない哲平《てっぺい》を待たせておいて、自分は助けをよびに行く。

でも、だめだった。哲平《てっぺい》は一人では待っていられない。

哲平《てっぺい》は、さっきからずっとだまりこくっている。剛《ごう》は、たった今ここでできることは何だろうと考えた。

「哲平《てっぺい》、おなかすいているか?」

哲平《てっぺい》はこくりとうなずいた。

「少しすいた」

剛《ごう》はひざにかかえていたリュックを開けた。カステラ、ドーナツ。これは力がわきそうだ。保温水筒《ほおんすいとう》も出した。

それから急に、中身を全部出して、リュックをおしりの下にしくことを思いついた。オーバーズボンをはいていても、岩に直接《ちょくせつ》ふれているおしりが冷《つめ》たい。哲平《てっぺい》にもそうするようにいった。

リュックには、ほかに何が入っているか。ヘッドランプ。これはきょう暗くなったときには、役に立つ。やっぱり持ってきてよかった。

その次に見つけたのは、ホイッスルだ。前に、山ではやたらとホイッスルをふいてはいけないと教わった。だれかを助けたり、助けてほしい緊急《きんきゅう》のときにふくものだから。じゃあ、今はどうだ。だれかに助けてほしいって、今みたいなときのことじゃないか。

剛《ごう》は、目の前をおおっているシートを少し開け、ホイッスルを出してふいてみた。

「ピーーーーーー」

思ったより、ずっと大きな音がひびきわたった。

「それ何？」

「ホイッスルだよ。だれかに助けてほしいときに、ふくんだ。哲平《てっぺい》ふいてみるか？」

「うん。ふく、ふく」

ようやく笑顔《えがお》を見せた哲平《てっぺい》に、剛《ごう》はいった。

「その前に、カステラとドーナツ食べちゃおうぜ」

おしりの下にリュックをしくと、少し冷《つめ》たさがやわらいだ。カステラとドーナツはおいしかった。お茶は、水筒《すいとう》のふた半杯《はんばい》ぶんだけ飲んで、あとは残《のこ》しておいた。

そのあと、剛《ごう》と哲平《てっぺい》は交代でホイッスルをふいた。思い切り息をすって、ふーっとふく。「ピーーー」という音が、できるだけ長く続《つづ》くように。

外はうす暗くなってきた。それとともに、風も強くなった。入り口をふさいでいるしきものが、風にふかれてバサバサと音をたてて、はためいた。

「ぼくたち、夜もここにいる？　ここで寝《ね》るの？」と哲平《てっぺい》が聞いた。

「そうなるかもしれない」と剛《ごう》は答えた。

だれかが二人をさがしに来てくれないかぎり、ずっとここから動けない。それだけは確《たし》かだった。だれかというのは、ユウ兄か、勇《いさむ》兄か、おじさんか、それともケン兄か。

でも、ぼくたちがここにいるのをだれも知らないのに、どうやってさがせるだろう。

そのことは今考えてもしかたがない。今できるのは、ホイッスルをふくことだけだ。ふき初《はじ》めだけで、もうすっかりふく気をなくした哲平《てっぺい》のぶんも、剛《ごう》はホイッスルをふいた。ただひたすらふき続《つづ》けた。


ユウジとケンと勇《いさむ》は、剛《ごう》と哲平《てっぺい》の名前をよびながら、山の中腹《ちゅうふく》を横切って歩いていった。

とちゅうで、先頭を歩いていたユウジは、

「勇《いさむ》、先頭代わってくれないか。けっこうラッセルきついよ」といって、後ろに回った。

「ぼくだって、ひざまでもぐるんだから、剛《ごう》と哲平《てっぺい》なら、一歩進むのも大変《たいへん》だろうな」

そして、四時十分すぎ、最初《さいしょ》に登った道にもどった。雪面にふみあとが残《のこ》っているので、まちがいない。

「最初《さいしょ》にトキ子おばさんに連絡《れんらく》して、おじさんたちにも連絡《れんらく》してもらおう。それから……、警察《けいさつ》だな」ユウジがいった。

「連絡《れんらく》したら、ぼくらもまた下のほうをさがしに行くから、今のうちに少し休もう」

ユウジがそういって、雪の上に置《お》いたリュックに腰《こし》をおろした。

ケンも自分のリュックの上にすわった。そして、手ぶくろをはずして、上着《うわぎ》のポケットのファスナーを開けると、携帯電話《けいたいでんわ》を取り出した。

トキ子おばさんに、何ていったらいいんだろう。雪がふるうす暗くなりかけた雪の山で、剛《ごう》と哲平《てっぺい》が行方不明《ゆくえふめい》。言葉に出そうとすると、ことの重大さに気がめいりそうになる。

「ぼくが話すよ」

ケンが考えこんでいるのを見て、ユウジが携帯《けいたい》を取ろうと手を差《さ》し出した。

そのときだった。風の音にまざって、鳥の鳴き声のようなものが、小さく聞こえてきた。

ケンは携帯《けいたい》をにぎりしめたまま、耳をすませた。すぐに、ユウジも気がついた。

「何の音だ、あれ?」

「笛《ふえ》だ。ホイッスルだ」そういうなり、勇《いさむ》が立ち上がった。

「ケン、あいつら、ホイッスルなんて持ってるか?」とユウジが聞いた。

「うん。剛《ごう》が持ってる。買ってもらったっていってた」

「そりゃいい。行こう」

ユウジは立ち上がると、ホイッスルが聞こえてくるほうに向かって、走るようにして進んでいった。

洞《どう》くつの前に着くと、ユウジは入り口をふさいでいたシートを取り去った。剛《ごう》と哲平《てっぺい》はぼうぜんとした様子で、三人を見た。

哲平《てっぺい》が力なく、

「ウーニー」といった。ユウ兄といったつもりが、寒さで顔と舌《した》がこわばっているのだ。

剛《ごう》は何もいわずに、ホイッスルを目の前にかかげて、ニヤッと笑《わら》った。

「二人ともよくがんばったぞ」とユウジがいった。

そのとたん、剛《ごう》の笑《わら》い顔がゆがんだ。

「みんなが先にニョロニョロ見に行っちゃったと思ったんだ」

そういうなり、しゃくり上げるようにして泣《な》きだしていた。

ユウジは、剛《ごう》の頭をてのひらで押《お》さえると、

「目印《めじるし》とホイッスルのおかげで、ここに来られたんだ。二人だけなのに、えらかったぞ」

といった。剛《ごう》はうなずいて、鼻水《はなみず》をすすった。

「今、甘酒《あまざけ》やる」ケンはリュックをおろした。

「カイロ持ってるから、今はってやるな」勇《いさむ》がいった。

ケンがついだ甘酒《あまざけ》を、二人はかわるがわる、そろそろと飲んだ。

勇《いさむ》が二人の背中《せなか》に手をつっこんで、使い捨《す》てカイロをはった。

「少ししたら、あったかくなるからな」


ふたたび、雪の斜面《しゃめん》を登らなくてはならない。あたりは、すでにうす暗い。

ユウジと勇《いさむ》は、剛《ごう》と哲平《てっぺい》の手を引っぱって、立たせた。

「歩けるか?」とユウジが聞いた。

「ぼくは歩ける。哲平《てっぺい》はどうかわからない」剛《ごう》が答えた。

ユウジが、自分がはめていたネックウォーマーをはずした。哲平《てっぺい》の頭からそれをはめ、首だけでなく鼻《はな》まですっぽりとおおうようにした。

「哲平《てっぺい》が静《しず》かだと調子でないからな。口を暖《あたた》めれば、またおしゃべりになるだろう」

勇《いさむ》が先頭で登っていった。すぐあとに、剛《ごう》と哲平《てっぺい》が続《つづ》いた。が、二人とももう、急な雪の斜面《しゃめん》で足を持ち上げる力が残《のこ》っていなかった。一、二歩登ると、足がずり落ちてしまう。

「ぼくが先に登って、ザイルおろすよ」勇《いさむ》はそういうと、斜面《しゃめん》を登っていった。

しばらくして、ザイルがおりてきた。ユウジがザイルのはしに小さな輪《わ》を作って、その輪《わ》を通し、ピッケルを雪にさした。ザイルは上と下を結《むす》んでぴんと張《は》られた。

「先にケンが行ってくれるか。ザイルを手でつかんで登れ」

ユウジにいわれ、ケンは登っていった。足だけでなく腕《うで》の力も使うので、登るのはとても楽になった。

ケンが登り終えると、次は剛《ごう》の番だった。

「登れそうか？」とユウジが聞いた。

「うん。これなら行ける」剛《ごう》もすいすい登っていった。

次は哲平《てっぺい》だったが、腕《うで》にも力が入らないようだった。

「哲平《てっぺい》の体にザイル結《むす》ぶから、引っぱり上げてくれ」

ユウジは上にいる勇《いさむ》に向かって、さけんだ。

哲平《てっぺい》はザイルに引っぱられ、足だけ動かして斜面《しゃめん》を登っていった。

ようやく、最初《さいしょ》に登った道、さっき剛《ごう》のホイッスルの音を聞いたところに出たのは、五時半だった。あとは、ただまっすぐ下ればいい。

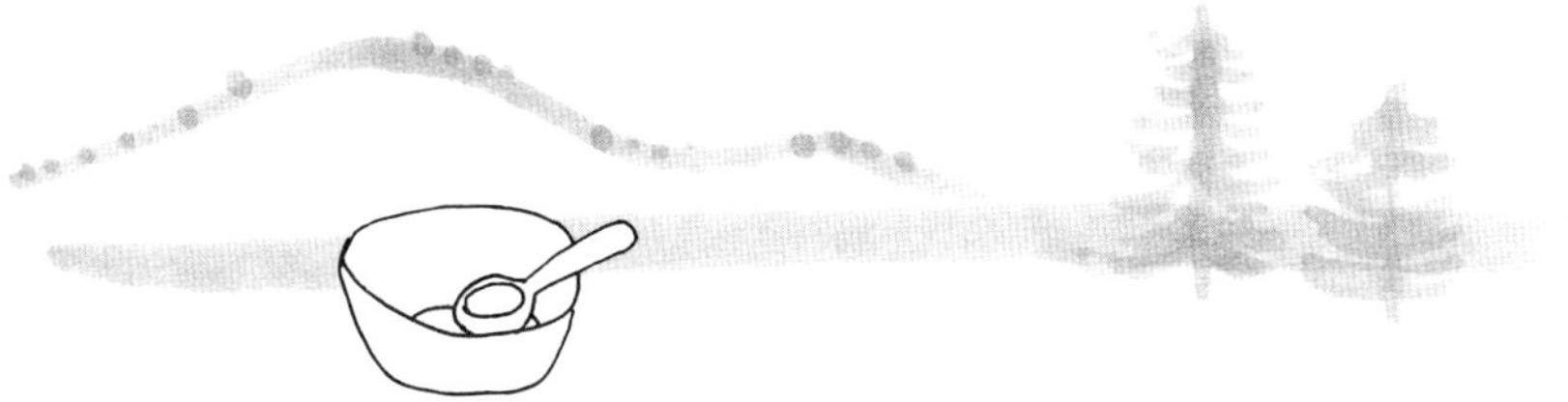
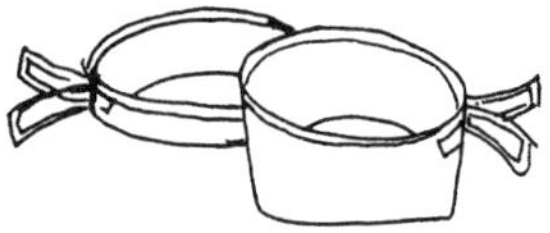

エピローグ

五人が山からおりようとしていると、とつぜん、暗く静《しず》まりかえった雪の山に『大きなのっぽの古時計』のメロディーが鳴りひびいた。

ケンがポケットから携帯《けいたい》を出して、剛《ごう》に手わたした。

「もしもし、ぼくだよ」

うれしそうに話しだした剛《ごう》だったが、一瞬《いっしゅん》あとには、携帯《けいたい》を耳から二十センチほどはなした。

「こんな時間まで何やってたのよ。ものすごく心配したんだから」

トキ子おばさんの声が、携帯《けいたい》から飛び出してきた。そこにいた全員が、思わず笑《わら》ってしまった。

「ユウジ君も勇《いさむ》君もケン君もついていて、なぜもっと早く連絡《れんらく》してこないのよ」

「すみません。今まで電波がなかったので」

ユウジが、横から口をはさんだ。

「いいから早く帰ってらっしゃい。もうじき、ヤエ子たちやタカシやみんな着くんだから」

それを聞いて、

「エーッ！」と大声をあげたのは、剛《ごう》と哲平《てっぺい》だった。

「うちのお母さんも来るのー？」

ようやく元気になった哲平《てっぺい》が、携帯《けいたい》に口を近づけて聞いた。

「なんだ。あなたたち、まだそれも知らなかったの」

トキ子おばさんが、あきれた様子でいった。

「おばさん、電話かわって」若葉《わかば》の声が聞こえてきた。

「ジュンちゃんとアッコちゃんと話してたんだよ。哲平《てっぺい》の打ち上げ花火、あしたの大みそかの夜中に上げようって」

「花火？」哲平《てっぺい》が聞いた。

「そうだよ。哲平《てっぺい》、特別《とくべつ》なときに上げるっていってたじゃない」

今度は、質問《しつもん》したのは剛《ごう》だった。

「ぼくたち、あした帰るんじゃないの？」

「もうケン君たら、何もいってないのね」

ケンは、トキ子おばさんがまたあきれたようにいうのを聞いて、苦笑《にがわら》いをした。二人に話そうったって、話すチャンスなんて、今までまったくなかったじゃないか。

「それで、あなたたち、どこにいるの？」

「ふしぎの山」と、剛《ごう》が答える。

「なぜまだそんなところにいるのよ」トキ子おばさんの声の調子が変《か》わった。

「その話は、帰ってからゆっくりします。それより、もうバスがないんで、山荘《さんそう》に着くの、けっこうおそくなります」ユウジがかわって、答えた。

「そうねえ……」

トキ子おばさんはそういったきり、少しの間だまりこんだ。

「六時半ごろには、みんな車で来るのよ。もしあなたたちさえ待ってられるなら、明《あきら》さんに車でむかえに行ってもらうけど」

「やったー」「ラッキー」

哲平《てっぺい》と剛《ごう》が歓声《かんせい》を上げた。

「こんな時間まで、山の中うろうろしているなんて、よっぽど雪の中にいるのが好《す》きなのかと思ったけど、やっぱり車がいいわけね」

トキ子おばさんは、笑《わら》いながらそういったあと、つけ加《くわ》えた。

「ちょうどいいわ。待つったって、阿部《あべ》さんの家はるすだし、それまで温泉《おんせん》に行ってたらどう？」

その言葉に大喜《よろこ》びしたのは、今度はユウジと勇《いさむ》だった。

電話を切ったあと、五人は山をおり始めた。ヘッドライトを照《て》らしながら、にぎやかに真っ暗な雪の山道を下っている最中《さいちゅう》、とつぜん、剛《ごう》がガッカリしたようにいった。

「あーあ。ぼくたち、ニョロニョロ見そこなっちゃったよ。もう一度見たかったのに」

「剛《ごう》が道まちがったからだよ」と哲平《てっぺい》が文句《もんく》をいう。

「何いってんだよ。哲平《てっぺい》が一人で、勝手にどんどん下っていったのがいけないんだろ」

「ケンカなんてするなよ。せっかく二人とも無事だったんだから」とユウジが笑《わら》った。

「山荘《さんそう》にはまだいるんだから、いくらだって、見にくるチャンスはあるよ。父さんだって、ニョロニョロ見たいだろうし」ケンもいった。

「本当？」と剛《ごう》が聞いた。

「本当だよ。それにいやだっていっても、来なくちゃならないよ。ふしぎの山に、目印《めじるし》の布きれつけたままだろう。あれ取らなきゃ、ニョロニョロがみんなに見つかっちゃうよ」

ケンの言葉に、剛《ごう》も哲平《てっぺい》も、

「わーい」「ヤッター」

と、ガッツポーズをして、大喜《よろこ》びした。

■作家　**三輪裕子**（みわ　ひろこ）

1951年東京生まれ。東京学芸大学卒業。日本児童文学者協会会員。大学卒業後2年間、練馬区立大泉学園小学校で教師をした後、児童文学作家をめざす。1982年に『子どもたち山へ行く』が第23回講談社児童文学新人賞を受賞。同作品を改稿し、1986年に『ぼくらの夏は山小屋で』と改題して出版、デビュー作となった。それ以後、児童文学を書き続けている。主な作品に『バアちゃんと、とびっきりの三日間』『あの夏、ぼくらは秘密基地で』（ともにあかね書房）、『卒業旅行は北国へ』（ポプラ社）、『チイスケを救え！』（国土社）などがある。2010年に『優しい音』（小峰書店）で、第28回新美南吉児童文学賞を受賞。東京都在住。

■画家　**水上みのり**（みずかみ　みのり）

1967年北海道生まれ。武蔵野美術短期大学空間演出デザイン専攻科修了、セツ・モードセミナー卒業。イラストレーターとして、挿絵や絵本の仕事を中心に活動。挿絵の作品に『黒まるパンはだれのもの？』『あの夏、ぼくらは秘密基地で』（ともにあかね書房）、『千年ギツネ』（理論社）、絵本作品に『ふろしきばあちゃん』（福音館書店）、『わら加工の絵本』（農山漁村文化協会）などがある。東京イラストレーターズソサエティ会員。東京都在住。

装丁　白水あかね

スプラッシュ・ストーリーズ・11
ぼくらは、ふしぎの山探検隊

2011年10月25日　初版発行

作　者　三輪裕子
画　家　水上みのり
発行者　岡本雅晴
発行所　株式会社あかね書房
　　　　〒101-0065　東京都千代田区西神田 3-2-1
電　話　営業(03)3263-0641　編集(03)3263-0644
印刷所　錦明印刷株式会社
製本所　株式会社難波製本

NDC 913　189ページ　21 cm

ISBN978-4-251-04411-2
落丁・乱丁本はお取りかえいたします。定価はカバーに表示してあります。
http://www.akaneshobo.co.jp

スプラッシュ・ストーリーズ

虫めずる姫《ひめ》の冒険《ぼうけん》

芝田勝茂・作／小松良佳・絵

虫が大好《す》きな「虫めずる姫《ひめ》」は、金色の虫を追《お》って冒険《ぼうけん》の旅《たび》へ。痛快平安《つうかいへいあん》スペクタクル・ファンタジー！

強くてゴメンね

令丈ヒロ子・作／サトウユカ・絵

陣大寺《じんだいじ》あさ子《こ》の秘密《ひみつ》を知ってしまったシバヤス。とまどいとかんちがいから始《はじ》まる小５男子のラブストーリー。

プルーと満月《まんげつ》のむこう

たからしげる・作／高山ケンタ・絵

セキセイインコのプルーが、裕太《ゆうた》に不思議《ふしぎ》な声で語りかけた…。鳥との出会いで変《か》わってゆく少年の、繊細《せんさい》な物語《ものがたり》。

チャンプ　風になって走れ！

マーシャ・ソーントン・ジョーンズ・作
もきかずこ・訳／鴨下　潤・絵

交通事故《じこ》で足を失《うしな》ったチャンピオン犬をひきとったライリー。ライリーとチャンプの新たな挑戦《ちょうせん》とは…。

バアちゃんと、とびっきりの三日間

三輪裕子・作／山本祐司・絵

夏休みの三日間バアちゃんをあずかった祥太《しょうた》は、認知症《にんちしょう》のバアちゃんのために大奮闘《ふんとう》！　感動《かんどう》の物語《ものがたり》。

鈴《すず》とリンのひみつレシピ！

堀　直子・作／木村いこ・絵

おとうさんの名誉《めいよ》ばんかいのため、料理《りょうり》コンテストに出ることになった鈴《すず》。犬のリンと、ひみつのレシピを考えます！

想魔《そうま》のいる街《まち》

たからしげる・作／東　逸子・絵

“想魔《そうま》”と名乗《なの》る男に、この世界《せかい》はきみが作った世界《せかい》だといわれた有市《ゆういち》。男の正体は、そしてもとの世界《せかい》にもどるには？

あの夏、ぼくらは秘密基地《ひみつきち》で

三輪裕子・作／水上みのり・絵

亡《な》くなったおじいちゃんに秘密《ひみつ》の山荘《さんそう》が？ケンたちが調べに行くと先客が…。夏の山荘《さんそう》に集《つど》った子どもたちの元気な物語《ものがたり》。

うさぎの庭《にわ》

広瀬寿子・作／高橋和枝・絵

気持《きも》ちをうまく話せない修《おさむ》は、古い洋館《ようかん》に住《す》むおばあさんに出会う。少しずつ心を開《ひら》いていく修《おさむ》は…。あたたかい物語《ものがたり》。

シーラカンスとぼくらの冒険《ぼうけん》

歌代　朔・作　町田尚子・絵

マコトは地下鉄でシーラカンスに出会った！アキラとともに謎《なぞ》を追《お》い、シーラカンスと友だちになった二人は…。

ぼくらは、ふしぎの山探検隊《たんけんたい》

三輪裕子・作／水上みのり・絵

雪合戦やイグルー作り、冬限定《げんてい》の「ニョロニョロ」見物…。山荘《さんそう》で雪国ぐらしを目いっぱい楽しむ子どもたちの物語《ものがたり》。

以下続刊